Andreas Malessa

Was gibt's da zu feiern?!

Weihnachtsgeschichten, kurz und gut

BRUNNEN
Verlag GmbH · Giessen

Andreas Malessa, Hörfunk- und Fernsehjournalist für mehrere ARD-Sender, Theologe, Buchautor und Songtexter (zuletzt für das Musical »Amazing Grace«), ist verheiratet, Vater zweier erwachsener Töchter und lebt in der Nähe von Stuttgart.

© Brunnen Verlag Gießen 2015
www.brunnen-verlag.de
Lektorat: Petra Hahn-Lütjen
Umschlagfoto: Getty Images
Umschlaggestaltung: Daniela Sprenger
Satz: Uhl + Massopust, Aalen
Druck und Bindung: GGP Media GmbH, Pößneck
ISBN 978-3-7655-0936-0

Inhalt

1

»Ankunft in vierundzwanzig Minuten«

A nkunft in vierundzwanzig Minuten.« Sagt der Navi.
Eigentlich ja *das* Navi. Neutrum. Ein satellitenge-
steuertes Ortungs-Programm mit Straßenkarten-Display
und erotischer Frauenstimme.

»Wer's glaubt, wird selig«, brummt Wolf-Rüdiger grim-
mig.

Er biegt auf die Bundesstraße ein und stellt den Schei-
benwischer schneller. Schneeregen. Matschwetter. Zwei
Baustellen stehen ihm noch bevor. Vermutlich auch Um-
leitungen wegen der Weihnachtsmärkte in den Dörfern.
Außerdem ist es Freitagspätnachmittag. »Vierundzwanzig
Minuten«, pah! Soll man das glauben?

Sein Patenkind Frederike spielt um halb acht einen
Engel. Im Gemeindehaus der übernächsten Stadt. Ausgerechnet heute ist es länger geworden im Büro. Erst streikte
der Drucker, dann gab es Rückfragen, was will man machen.

»Noch vierundzwanzig Tage bis Heiligabend, dann haben
Sie Ihr Ziel erreicht.«

Wolf-Rüdiger reibt sich mit Daumen und Zeigefinger die Augen. Hat der Navi, also das Navi, eben »Heiligabend« gesagt? Nie im Leben. Ich bin völlig überarbeitet, denkt Wolf-Rüdiger, ich bin überdreht und müde. Höre schon Stimmen, meine Güte.

Früher, als man noch Straßenkarten benutzte, hatte seine Frau Roswitha auf dem Beifahrersitz den Autoatlas immer rumgedreht. Weil Ziele, die eine Frau anstrebt, »oben« sein müssen. Also jetzt nicht moralisch höherstehend, sondern mehr so hirnphysiologisch gemeint. Frauen wollen nach »oben«. Auf jeden Fall. Auch auf der A 5, wenn man Richtung Basel fährt.

Heute macht dieses Rumdrehen ein Display. Freiburg im äußersten Südwesten Deutschlands ist rechts oben. Und Berlin ist links unten. Wenn man nach Freiburg fährt. Jetzt mal von sich aus gesehen. In dieser seiner streng subjektivistischen Weltsicht ist das Navigationsgerät eigentlich weiblich. Müsste also *die* Navi heißen. Sagt aber keiner. Besitzt ein Mann wie Wolf-Rüdiger noch einen Rest Geografiekenntnisse – Geografie, liebe Kinder, das ist, wenn man weiß, dass Dänemark oben und Österreich unten ist –, dann muss der Mann umdenken. Radikal umdenken.

Da! Die erste der befürchteten Baustellen-Ampeln.

So ein Navi ist wie der Pfarrer auf der Kanzel, denkt Wolf-Rüdiger:

Kriegt die Signale von ganz oben. Erwartet einfach, dass man seine Anweisungen befolgt. Behauptet Dinge, die der persönlichen Erfahrung widersprechen. Und manchmal der konkreten Realität. Und provoziert dauernd die Frage: Soll ich das glauben?!

»Ankunft Gottes in vierundzwanzig Tagen.«

Hat er das jetzt nur gedacht oder tatsächlich akustisch gehört?

Wolf-Rüdiger starrt verwirrt ins Display, prüft dann im Innenspiegel seine nervös geröteten Augen und verpasst dadurch beinah die Grünphase.

Hinter ihm hupt es.

Umdenken, geht es Wolf-Rüdiger durch den Kopf. Radikal umdenken.

Natürlich kommt Jesus nicht erst an Heiligabend auf die Welt und verschwindet an Himmelfahrt wieder... nee nee. Der Kalender des Kirchenjahres erinnert lediglich daran, dass jedes einzelne Menschenleben und die Welt als Ganzes auf ein Ziel zusteuern. Und dass niemand weiß, wie viel Zeit ihm noch bleibt.

»Wenn Sie nur noch vierundzwanzig Tage zu leben hätten...«

Wolf-Rüdiger zuckt zusammen. Können diese kleinen Tyrannen jetzt schon Gedanken lesen? Es gibt Navis mit Sprachsteuerung, ja, aber...

So fängt wahrscheinlich ein Burn-out-Syndrom an.

Wenn ich nur noch vierundzwanzig Tage zu leben hätte, würde ich nicht freitagabends in einem Feierabendstau stehen! Sondern, ja, was eigentlich?

Der kleinen Frederike weise Vorträge halten? Fotos sortieren, versöhnliche Briefe schreiben, alte Freunde aufsuchen und die Verwandten zu einem Abschiedsessen einladen? Mein Testament machen, Bücher und Bargeld verschenken, Meditationskurse belegen, beten und singen?

Wolf-Rüdiger drückt auf den Schalter über dem Türgriff, lässt die Seitenscheibe ein Stück herunter und atmet die feuchte Winterluft ein.

Tief durchatmen, gaaanz tief durchatmen. Und logisch denken: Ob Gott auf mich zukommt oder ich mich mit jedem Tag verbrauchter Lebenszeit auf ihn zubewege, ist nur eine Frage der Perspektive. So gesehen ist das ganze Leben ein einziger Advent. Die Zeitspanne nämlich, in der ich auf eine Begegnung mit Gott zusteuere. Aber diese Begegnung muss doch nicht erst stattfinden, wenn ich sterbe, oder?

Hat man weniger Angst vor dem Tod, wenn man Gott schon vorher ein paarmal begegnet ist?

Wolf-Rüdiger schließt das Fenster wieder und wischt sich die Regentropfen von der linken Schulter.

»Neuberechnung. Neuberechnung.«

Aha. Seine neunmalkluge Mutti im Armaturenbrett hat die Umleitung um den Weihnachtsmarkt im nächsten Ort gecheckt. Soll er ihr vertrauen, obwohl er die Nebenstrecke nicht kennt? Wie oft hat er schon regelrechte Machtkämpfe mit ihr ausgefochten! Ja, die Navi wies ihm den kürzesten Weg nach Hause. Aber dass es sechshundert Meter raufging und dort oben Nebel und Glatteis herrschten, wusste sie nicht. Ja, geradeaus ging die Goethestraße weiter. Aber als Fußgängerzone. Mit Treppenstufen vorne dran. Und die abknickende Vorfahrt hieß Gotenstraße.

Wolf-Rüdiger ist nicht der Typ für »blinden« Gehorsam. Nicht im Auto und nicht in der Kirche. Einen Rest gesunde Skepsis hat er sich immer erhalten, Navis und Pfarrern gegenüber jedenfalls. Man muss schon mal aus dem Fenster schauen und selber denken. Oder mit der Beifahrerin reden. Säße jetzt Roswitha neben ihm, könnte er das. Mit dem Navi dagegen ist nicht zu reden. Auch mit Sprachsteuerung nicht. Der-die-das Navi fordert immer nur Gehorsam. Und ist hinterher nicht mal schuld, wenn die Umleitungsstrecke über unbefestigte Forstwege verlief.

Er hat schon Predigten gehört und Lieder gesungen, erinnert sich Wolf-Rüdiger, die stellten Gott genau so dar: blinden Gehorsam fordernd, immer im Recht, nie zur Verantwortung zu ziehen. Je angestrengter und erschöpfter der dumme kleine Mensch mit den Widrigkeiten seiner Lebensumstände kämpft, umso triumphaler erhebt sich der Himmelsherrscher über ihn. Je winterlicher und dunkler die Verhältnisse seiner orientierungslosen Geschöpfe sind, desto majestätisch glänzender strahlt der Schöpfer. Wolf-Rüdiger fand das nie »herrlich«. Sondern immer nur herrisch.

Also gut. Ich werde der Umleitungsempfehlung Folge leisten, denkt Wolf-Rüdiger. Was soll's. Eine ganze Stuhlreihe genervter Zuschauer wird aufstehen müssen, Frederike wird enttäuscht sein, ihre Eltern werden vorwurfsvoll dreinschauen und Roswitha, seine Frau, wird »typisch!« zischeln. Eine letzte Chance, rechtzeitig zum Krippenspiel zu kommen, gibt es nur, wenn der Pfarrer eine lange Einleitungsrede hält.

Wolf-Rüdiger schaltet runter, blinkt nach links, lässt den Gegenverkehr durch und biegt in die Nebenstrecke ein.

»Na?« Erwartungsvoll schaut er aufs Display. Sein Navi schweigt.

»Was ist?! Ich tue, was du sagst, merkst du das eigentlich? Könntest mich ja ruhig mal ein bisschen loben!«

Mein Gott, jetzt rede ich schon mit einem Gerät…

Die Umleitung ist eine überraschend breit ausgebaute Umgehungsstraße. Nagelneu. Es muss Jahre her sein, als er das letzte Mal diese Strecke gefahren ist. Wolf-Rüdiger gibt Gas, schnurgerade bergab, rast mit knapp hundertzehn am Ortsschild vorbei und wird prompt geblitzt. Egal.

»Ankunft am Ziel auf der linken Seite.«

Schau an, Frau Oberlehrerin hat die Sprache wiedergefunden.

Er stellt den Wagen vor dem Gemeindehaus auf einen gebührenpflichtigen Parkstreifen und legt den Kassenbon vom Getränkemarkt unter die Windschutzscheibe.

»Sie haben Ihr Ziel erreicht«, sagt der-die-das Navi.

Wolf-Rüdiger schnallt sich ab und schaut auf die Uhr.

»In exakt vierundzwanzig Minuten«, nickt er. »Aber woher wusstest du, dass ich fahren würde wie eine gesengte Sau?«

Drinnen beginnt der Pfarrer gerade mit einer langen Einleitungsrede.

Frederike auf der Bühne, im Engelkostüm, strahlt ihren Patenonkel an. Wolf-Rüdiger kommen schier die Tränen. Ihre Eltern freuen sich, Roswitha begrüßt ihren Mann mit einer heftigen Umarmung und einem Kuss auf den Mund.

»Wie hast du das denn geschafft?!«

»Einfach mehr vertrauen. Mehr darauf vertrauen, dass Gott menschlich ist.

Darum geht's doch im Advent, oder?«

Die beiden setzen sich.

Der ist ja völlig überarbeitet, denkt sie.

2

Was man so mit anhört

Jetzt aber schnell. Vorwärts, nur vorwärts! Verrät sein erschöpftes Keuchen, wohin er läuft? Jeder Atemzug in seiner Brust brennt wie Feuer. Während der letzten drei Winkelzüge in den dunklen, engen Gassen hat er seine Verfolger doch abgeschüttelt, oder nicht?

Am Stadttor waren die römischen Legionäre von ihren Pferden abgestiegen und zu Fuß hinter ihm hergerannt. Aber in gepanzerter Weste und mit schweren Waffen am Gürtel sind sie wohl eher aus der Puste als er.

Er, Simon. Einer der »Zelotes«. Einer der »Zornigen«, wie jüdische Sympathisanten seine Widerstandsgruppe nennen. »Sicarii«, sagen die Römer, »Dolchmänner«. Terroristen, die im Schutz dichter Menschenmengen möglichst hochrangige römische Militärs abstechen.

Während er sich an der Rückwand eines Hauses entlangdrückt, gibt diese plötzlich mit lautem Knarzen nach. Eine Tür! Simon stolpert rücklings in eine stockdunkle Kammer, fällt krachend über allerlei Gerümpel und bleibt erschrocken liegen. Ein beißender Schmerz durchfährt ihn.

»Mutter?« Von nebenan ist eine helle Mädchenstimme zu hören. Simon erkennt auf dem Lehmboden den waagerechten Lichtstreifen einer nur angelehnten Tür zum Nebenraum. »Mutter? Anna, bist du's?« Der Schatten zweier Füße kommt näher und verdunkelt den Lichtstreifen unter der Tür. Je... jetzt, in der nächsten Sekunde, muss sie eintreten! Ein Albtraum. Simon Zelotes ist den Römern entkommen, wird aber mit einem Mädchen in der Rumpelkammer erwischt? Katastrophe. Sie wird vor Schreck schreien. Ihr Vater, ihre Brüder, werden hereinstürmen und ihn, den keuchenden Wüstling, zusammenschlagen.

»Sei gegrüßt, Maria, du Begnadete des Herrn!« Plötzlich erfüllt eine volltönende Männerstimme, freundlich, aber seltsam gebieterisch, den Wohnraum drüben. Die Frau nebenan hält inne. Sie dreht sich offenbar herum, vielleicht kniet oder setzt sie sich jetzt hin. Der Lichtstreifen unter dem Türspalt verdunkelt sich auf ganzer Breite. »Fürchte dich nicht, Maria, du wirst schwanger werden...«

Was redet der da?! Simon Zelotes spürt eine neue Welle Schweiß ausbrechen. Zu Angst, Erschöpfung und Wundschmerz kommt jetzt die Scham. Wird er gleich Ohrenzeuge einer Vergewaltigung werden?! Der Sprechende gehört nicht zur Familie der Frau, so viel lässt sich aus der Begrüßung schließen. Er ist unaufgefordert in ihr Zimmer gekommen. Und sofort geht's ums Schwanger-Werden? Zitternd tastet Simon nach dem Dolch unter seiner Tunika.

»Jesus soll er heißen...«, redet die seltsam schwingende Stimme weiter, »und mächtig wird er sein und man wird ihn Sohn des Höchsten nennen und Gott wird ihm den Thron seines Vaters David geben, er wird die Nachkommen Jakobs für immer regieren.«

»Unser Traum vom Messias!«, schießt es Simon durch den dröhnenden Kopf, »der komische Kerl da drüben redet von Gottes Erlöser!« Aber... wieso als Kind? Wieso errichtet Gott sein Reich des Friedens und der Gerechtigkeit nicht durch Leute wie mich, den Guerillakämpfer? Wofür haben wir jahrelang unser Leben aufs Spiel gesetzt, wenn der erhoffte Messias jetzt als... Nein, falsch. Nie im Leben. Wenn, dann befreit Gott sein Volk ganz ohne menschliches Zutun. Mit Engelheerscharen vom Himmel. Durch sieben Plagen wie bei Moses in Ägypten damals. Simon spürt seine Schürfwunde am Ellenbogen, er muss husten und überhört beinah die schüchterne Rückfrage der jungen Frau:

»Wie soll das geschehen? Ich bin doch noch gar nicht verheiratet.«

Der Zelot verdreht die Augen. Dieses unbedarfte Weibchen! Fragt nicht »Aber wieso?« oder »Wieso gerade ich?«. Sie fragt bloß »Wie?«! Ja, wie wohl!? Durch Pollenflug oder was?

»Der Heilige Geist wird über dich kommen und die Kraft Gottes wird sich an dir zeigen, deshalb wird das Kind heilig sein und Sohn Gottes heißen, denn bei Gott ist nichts unmöglich.«

Jetzt springt sie auf, denkt Simon. Jetzt schmeißt sie den Fremden raus, schlimmstenfalls zu mir hier in den Abstellraum. Sie ruft jetzt diese Anna oder eine römische Patrouille. Ich muss raus hier, jetzt aber schnell. Doch Simon lauscht angestrengt weiter. Sie müsste wenigstens protestieren. Was sollen ihre Eltern denken, ihre Freunde, ihr Verlobter? Falls sie einen hat. Simon robbt sich vorsichtig näher an die angelehnte Tür zur Wohnung. Die Frau ist offenbar aufgestanden.

»Ich bin die Magd des Herrn. Mir geschehe, wie du gesagt hast.« Ihre Stimme klingt immer noch mädchenhaft, aber nicht mehr so schüchtern. Eher fest und entschlossen. Simon hält den Atem an. Und? Und weiter? Ist das alles? Drüben bewegt sich was. Und dann: Stille.

Simon stöhnt auf. Seit er kein Kind mehr war, hatte er mutig »Nein!« gesagt. Nein zur römischen Besatzungsmacht, Nein zu den ungerechten Wirtschaftsverhältnissen, Nein zu allem frommen Duldertum und feiger Untätigkeit. Hart war er darüber geworden, grausam sogar, pathetisch arrogant und herablassend gegenüber allen, die nicht so mutig und blutig kämpfen konnten wie er.

Diese lammfromme Frau da drin aber, kaum einen Meter von ihm entfernt, ist auf eine verwirrend andere Art mutig. De-mütig. Sie hat soeben »Ja« gesagt. »Ja« zu einer Absurdität: dass Gottes Eingreifen in diese gewalttätige Welt nicht durch Gewalt, sondern durch ein Kind passieren soll. Durch eine machtlose junge Frau und ein ohnmächtiges Baby? Wie kann jemand bei klarem Verstand zu so etwas Ja sagen? Die Alternative zu zorniger Gewaltbereitschaft ist nicht müde Resignation, sondern heilige Zähigkeit?

Von draußen, von der anderen Seite seines zufälligen Verstecks, dringt der rhythmische Stiefeltritt und das Waffen-Scheppern marschierender Legionäre herein. Simon schwitzt pure Panik aus. Was? Die Bewohnerin im Nebenzimmer fängt an zu singen! Simon kennt die Melodie aus der Synagoge. Na klar, Psalm 113. Psalm 126:

»Meine Seele erhebt den Herrn und mein Geist freut sich Gottes, meines Heilandes.« Du träumst, sagt sich Simon. Dein Blutdruck sackt weg, du hörst Stimmen. Nicht ohnmächtig werden jetzt, durchatmen!

»Dass er gesehen hat die Niedrigkeit seiner Magd, denn von jetzt an werden mich glücklich preisen alle Generationen.«

»Haaaalt!« Draußen auf der Gasse kommt der römische Trupp zum Stehen. »Was is'?« Die bellende Stimme des Patrouillenführers.

»Nix is'. Ne Frau singt fromme Lieder, in dem Loch!« Der Soldat steht eine Schwertlänge entfernt von ihm. Bei geöffneter Kellerluke müsste er Simons Angstschweiß riechen können.

»Na dann. Abteilung … Marsch!« Das rhythmische Rasseln der Kohorte setzt wieder ein und entfernt sich. Leiser werdend mischt sich ihr Geräusch mit dem dünnen, zerbrechlich wirkenden Klang der Frauenstimme von innen:

»Großes hat der Mächtige getan, heilig ist sein Name und seine Barmherzigkeit währt generationenlang.«

Simon Zelotes atmet erleichtert aus. Ein Traum, jawohl. Aber ein realer. Er ist gerettet, fürs Erste. Niemals, in seinem ganzen wilden Kämpferleben nicht, hatte der schlichte Singsang einer Frau waffenstarrende Militärs zum Rückzug veranlasst.

»Gott übt Macht aus mit seinem Arm, er stürzt Herrscher vom Thron und richtet Unterdrückte auf. Hungrige beschenkt er mit Gütern und Reiche lässt er leer ausgehen.«

Im Nebenraum begleiten jetzt dumpfe Schläge den Gesang des Mädchens. Füße auf Holzdielen, vermutet Simon. Lichtschein und Schatten unter dem Türspalt wechseln in schneller Folge, tatsächlich, sie tanzt! Schade, dass ich nicht zusehen darf. Ein Lächeln huscht über Simons Gesicht. Wie sich ihr junger Körper wohl im wiegenden Rhythmus dreht, ihre niedlichen Füße den Takt treten? Ob sie ihr Haar offen trägt, ob sie dunkle Augen hat? Träum nicht, du Idiot. Du musst raus hier, aber schnell!

»Seine Barmherzigkeit hat er uns zugesagt, ja, er wird seinem Volk Israel helfen!« Ihre Stimme klingt energisch.

Von wegen unbedarft, denkt Simon und muss wieder ein schmerzhaftes Husten unterdrücken. Von wegen stilles Dulderchen. Wenn Gott uns auf so menschliche, barmherzige Weise retten will – dann ist ihr demütiges Ja zu seinem Willen das allermutigste Nein, das sie dieser lieblos ungerechten Welt entgegenschleudern kann. Eine Traumfrau. Anmutig, demütig und unglaublich mutig. Simon richtet sich mühsam an der Wand auf, kneift die Augen zusammen, als würden seine Bewegungen dadurch geräuschlos, stößt eine staubige Amphore um und hechtet durch die knarzende Luke ins Freie. Geschafft! Gesang und Tanz hinter der Wohnungstür brechen schlagartig ab. »Anna, suchst du was?«, ruft die Frauenstimme.

PS: Simon Zelotes und Maria sind sich dreißig Jahre später übrigens persönlich begegnet…

3

Casa Messi
oder
Das wenig Wichtige im Zuviel

Später fand Rüdiger, es sei ein besonders anschaulicher Fall von angewandtem Dekonstruktivismus gewesen. Das muss man langsam aussprechen:

De – konstrukt – ivismus.

Das ist noch keine komplette Kunstrichtung, für die man im Museum ein eigenes Stockwerk einrichten würde, das nicht. Auch keine Philosophie oder Ideologie, gegen die Christen auf die Straße gehen müssten. Oder meinen gehen zu müssen. Nein, Dekonstruktivismus ist lediglich der Versuch zu verhindern, dass unsere Zivilisation eine »Zuviel-isation« wird. Und das wird sie ab Ende November doch jedes Jahr wieder, stimmt's? Im Advent.

Zu viel Konsum. Zu viel Krims und Krams und Krempel. Zu viel Kontakte und Kommunikation, zu viel Komplexität im Alltag. Bis wir zusammenbrechen. Ein Großeinkauf in der Innenstadt zur Vorweihnachtszeit, die Einkaufsliste wird per What's-App aktualisiert, die Kinder simsen ihren Wunschzettel. Man irrt zwischen Supermarktregalen hin und her, hat hundert verschiedene Kundenkarten in der Geldbörse und tausend Treuepunkte irgendwelcher Läden dabei. Man will befristete Schnäppchenangebote ausnutzen und führt Handy-Telefonate an der Ladenkasse – dieses Lebensgefühl etwa, verstehen Sie?

Man nennt es beschönigend »Vorweihnachtsstimmung«.

Und De-konstrukt-ivismus, das ist, wenn etwas sehr Kompliziertes plötzlich ganz einfach wird.

Nun ja, ganz einfach wurde es zunächst noch nicht. Auf dem Weg zur Einfachheit muss das Uneinfache ja auch irgendwo hin. Wohin mit dem Unwesentlichen bei der Reduktion aufs Wesentliche, das ist doch die Frage. Jedenfalls war Roswithas alter Setzkasten an der Flurwand mitten in der Nacht heruntergekracht. Das verstaubte blöde Wandregal mit 36 Fächern voller winziger Püppchen, Tonkrüglein, Figuren aus Überraschungseiern, possierlichen Bauernhäusern, Miniatur-Medaillons und getrockneten Rosenblüten – klickerdirrumms – war runtergefallen! Einfach so. Wegen verrosteter Nägel oder wegen der porösen Rigipswand, wer weiß es.

Bei geschlossener Schlafzimmertür am anderen Ende der Wohnung hatte das niemand bemerkt. Erst als Rüdiger barfuß und schlaftrunken im Halbdunkel zum Klo ging und auf das kleine Schloss Neuschwanstein trat, zerriss ein gellender Schrei den frühen Morgen. Und den Familienfrieden.

»Roswithaaa!!« Er war panisch zurückgezuckt und dabei gleich noch mal auf etwas Hartes getreten. Ein Spielzeugauto. Eine Rolls-Royce-Nachbildung, deren silberne Kühler-Emily sich wie ein Nagel in seinen Fußballen bohrte. Intuitiv Halt suchend, riss Rüdiger mit dem Ellenbogen die korkeichene Pinnwand von ihrer Halterung, ignorierte das zusätzliche Chaos, knipste das Flurlicht an und stakste vorsichtig wie ein Storch auf die Toilette. Schmerz und Blasendruck ließen nur langsam nach.

Der Anstand verbietet es, die Worte aufzuschreiben, die zwischen den beiden hin- und herflogen, als Roswitha – beschuht und beherzt – nicht etwa mit einem Besen und einer Kehrschaufel den ganzen Kladderadatsch zusammenfegte, sondern auf allen vieren jedes einzelne Utensil aufhob, den Staub wegpustete und die unbeschädigten Gegenstände entlang der Fußleiste sortierte. Ihr Mann lugte aus der halb geöffneten Toilettentür, als ginge von den Kleinteilen am Boden eine Gefahr aus.

»Endlich hat sich ein Problem von selbst gelöst. Weg damit! Du willst doch nicht ernsthaft…?!«

Rüdiger registrierte mit grimmiger Befriedigung, dass der olle Setzkasten aus Roswithas Studententagen komplett zerbrochen war.

»Doch!« Roswitha atmete schwer. »Ich will ernsthaft die Eintrittskarten fürs Konzert nächste Woche und die neue Telefonnummer von Müllers aufheben. Wo du so geschickt die Pinnwand gleich mit entsorgt hast…«

»Jaa, gut, tut mir leid. Aber dieser 8oer-Jahre-Kitsch, dieser kindische Kleinbürgerklimbim…«

Unter dem ehemaligen Setzkasten stand das offene metallene Schuhregal. Roswitha nahm behutsam Pumps und Chucks, Ballerinas und Joggingschuhe in die Hand, drehte sie um und klopfte sie aus. Fiel ihr eine Reißzwecke oder ein Magnetschildchen entgegen, nickte sie zufrieden.

Rüdiger stand jetzt neben ihr. Eigentlich über ihr.

»Du hast zu viele Dekorationsaccessoires herumstehen. Du hast zu viele Schuhe. Wir haben zu viele Spiegel im Klo, im Flur, im Bad, im Schlafzimmer. An den Wänden zu viele Bilder, in der Vitrine zu viel Gläser, wir haben eine vollgestopfte Wohnung, verstehst du? Casa Messi, wie der Italiener sagt.«

Rüdiger drückte sich zentimeterweise an seiner Frau vorbei Richtung Küche, den Blick fest auf die Scherben am Boden gerichtet. »Dabei ist heutzutage Minimalismus en vogue, Beschränkung aufs Wesentliche. Ich hab immer gesagt: Lass uns vor Weihnachten den Keller und den Dachboden entrümpeln und zwar nach dem Prinzip ›Was zwei Jahre nicht angefasst wurde, kann weg.‹«

»Tatsächlich? Na dann los: dein Werkzeugkasten zum Beispiel, das Album mit den Hochzeitsfotos, das selbst gebaute Puppenhaus, als die Töchter noch klein waren ...«

Roswitha, noch immer am Boden kriechend, suchte offenbar irgendwas. Ihr sarkastischer Unterton hätte ihn warnen müssen, aber Rüdiger machte weiter:

»Nein, so was doch nicht.« Er hatte die Anrichte in der Küche erreicht, auch nicht gerade eine freie Fläche, und füllte Kaffeepulver in die Maschine.

»Ich hab gelesen ...«, rief er in den Flur hinaus, »die Innenarchitekten machen jetzt das, was in der Architektur längst Standard ist: kein barockes Geschnörkel mehr, sondern nüchterne, klare Formen. So wie dieser riesige Torbogen in Paris, der eckige, meine ich, der moderne, der ...«

»Grande Arche!«, half ihm Roswitha bei der Wortsuche.
Sie sprach es französisch aus. Was Rüdiger missverstand und auf sich bezog.
Trotz seiner kurz aufflammenden Empörung und des Röchelns der Kaffeemaschine bemerkte er, dass seine Gattin entspannter, geradezu erleichtert klang.
»Ich hab ihn!«
Sie kam herein, strich sich das Nachthemd glatt und hielt zwischen Daumen und Zeigefinger ihren Ehering ihm direkt vors Gesicht: »Der lag nämlich auch im Setzkasten, seit er nicht mehr auf meine Finger passte. Weißgold, fast tausend D-Mark damals, erinnerst du dich?«
Rüdiger lächelte versöhnt und nahm ihn behutsam in die Hand.
»Und was für eine einfache, perfekte Form. Darf man eigentlich auch Eheringe an den Weihnachtsbaum hängen?«

4

Du sollst nicht grußkartenlügen

Zehn Sekunden! Rekord, Meike!«

»Wie bitte?«

Meike war für ihre Zügigkeit berühmt. Und für ihre Fahrigkeit berüchtigt. Als Pfarrfrau, Mutter von zwei Söhnen und Fünfzig-Prozent-Kraft im Großraumbüro dieser Firma. Ihre Kollegin am Schreibtisch gegenüber lachte kurz auf.

»Du hast zehn Sekunden gebraucht, um den Umschlag aufzureißen, die gedruckte Grußkarte wegzuschmeißen, den Einleger zu lesen und ihn dann in den Ablagekorb zu legen. Von wem war die Karte?«

»Von ... von ... Moment ...«

Im Ablagekorb fand sich obenauf das gefaltete Einlegeblatt einer Grußkarte mit dem üblichen Blabla: »Wir bedanken uns für die erfolgreiche Zusammenarbeit im vergangenen Jahr, wünschen besinnliche Festtage und viel Glück im ...«, unterschrieben von acht oder zehn unleserlichen Namenszügen. Aber von welcher Firma waren diese Unterschriften? Meike beugte sich über den Papierkorb.

»Ich hab den Umschlag mit der Absenderadresse ...«,

leicht gerötet im Gesicht tauchte sie wieder aus der Beuge auf, »…etwas vorschnell weggeschmissen.«

Ihre Kollegin lehnte sich zurück: »Überleg mal: Das Bildmotiv fürs Cover aussuchen, massenhaft Karten kaufen, firmeneigenen Text formulieren, Text drucken lassen, Einleger einlegen, Einleger von allen unterschreiben lassen, Umschläge kaufen, Umschläge adressieren, Umschläge frankieren, das macht summa summarum…«

»Was rechnest du denn da?!« Meike war irritiert.

»Ich rechne aus, wie viel Geld unsere Geschäftspartner und Lieferanten für zehn Sekunden deiner Aufmerksamkeit ausgeben. Für den flüchtigen Blick einer Teilzeit-Sachbearbeiterin! Wie viel Mühe sie sich machen, ohne sicher zu sein, dass der Chef diese Karte überhaupt je zu Gesicht bekommt. Trittst du bei euch zu Hause die Grußkarten auch so zügig in die Tonne?«

Es waren zweiundzwanzig. Zweiundzwanzig Weihnachtskarten.

Meike hatte gedacht, privat bekämen sie nicht viel Weihnachtspost. Aber zu Hause, am dritten Advent, waren es schon zweiundzwanzig. In fast jeder Form und Größe, von edel silbern, raffiniert transparent und gewollt kitschig bis kindlich quietschbunt. Von Karten mit Halbrelief-Oberflächen, eingeklebten Strohsternen, beigelegten Gummibärchen, getrockneten Apfelringen und Zimtpulver-Tütchen bis zu mittelalterlichen Faksimiles und aufklappbaren Familienfotos. Die Kritik ihrer Bürokollegin im Ohr, wollte sie ihnen dieses Jahr mehr Wertschätzung entgegenbringen.

»Weg damit!«

Die knappe Schärfe ihres Mannes erstaunte sie. Konstantin saß am Schreibtisch und grummelte vor sich hin. Meike protestierte: »Es ist der letzte Rest Schreibkultur, den es im Computerzeitalter noch gibt, mein Lieber! Andere Leute hängen die Weihnachtsgrußkarten auf einer Wäscheleine quer durchs Wohnzimmer!«

»Wir nicht!« Ihr Mann raufte wahllos in einem Stapel Post neben dem Laptop. »Hier: Die Kfz-Versicherung wünscht uns allzeit gute Fahrt, also sich selbst keine Erstattungszahlungen. Die Stadtwerke bedanken sich für unsere Treue, warnen also vor einem Wechsel zum Billigstrom. Der Getränkemarkt, der Buchklub, der Heizöllieferant, das Reisebüro, dein Chef, mein Dekan, zwei Tagungszentren, eine Diakoniestation – alle sülzen sie weihnachtlich daher. Am warmherzigsten diejenigen, die uns gar nicht kennen. Alles gelogen.«

Konstantin hatte als einziger evangelischer Pfarrer der Kleinstadt eine fast obsessive Abneigung gegen »Gesülze«, wie er es nannte. Jene Wortwahl, die er bei Vereinsjubiläen, bei Grußworten zur Einweihung von Feuerwehrautos oder bei Wahlkampfreden der Bürgermeisterkandidaten hören musste und hassen gelernt hatte. Dass er selbst, als öffentliche Amtsperson, natürlich auch zwölf oder fünfzehn Grußkarten verschicken würde – das machte ihn offenbar gereizt.

»Du bist ungerecht.« Meike schüttelte den Kopf. »Wir kriegen manchmal auch ganz nette handgeschriebene Weihnachtswünsche. Und grafisch süß gestaltete E-Mails von Freunden. Ganz ohne geschäftliche Hintergedanken …«

Konstantin lachte auf. Beinah gehässig. »Familien-rundbriefe, ja danke schön! Die Auflistung der Schulno-ten, Ferienerlebnisse, Hobbys und Musikinstrumente ihrer Kinder. Langatmige Darlegungen des monatlich wechseln-den Gesundheitszustands der alten Eltern. Verquaste Wet-terberichte von den seelischen Kalt- und Warmfronten einsamer Singles. Und alles dokumentiert mit hochauflö-senden Fotos aus Mallorca. Damit das Downloaden schön lange dauert und anschließend mein Farbdrucker glüht.«

Meike nahm ihren Mantel von der Armlehne seines Bürostuhls und zog ihn umständlich an. »Also, *ich* kann zwischen den Zeilen sehr wohl herauslesen, wie es unseren Freunden wirklich geht!«

»Zwischen den Zeilen, eben! Dass die Kinder verhal-tensauffällig sind, die Ehe kriselt, der Job wackelt und die Oma langsam dement wird – damit will niemand seinen Freunden die Weihnachtsstimmung trüben. Also sülzt man lieber. Und lügt im Grunde. Nahe Verwandte und gute Freunde *reden* miteinander an den Feiertagen! *Reden*, ver-stehst du? Persönlich. Ehrlich.«

Konstantin schien auf seinem Schreibtisch etwas zu su-chen.

»Wäre dir denn lieber ...«, Meike fand in der Mantel-tasche ihr Smartphone, »eine SMS in Teenie-Sprache? C U, alles Scheiße, aber o.k., h-d-l?«

»Zeit für gute Telefongespräche wären mir lieber.«

Sie überhörte seine Antwort und wandte sich zum Ge-hen.

»Ich muss los. Deiner Mutter hab ich in unserer Gruß-karte übrigens geschrieben, dass ...«

»Hier…« Konstantin reagierte gar nicht, sondern kramte eine besonders stilvolle Weihnachtskarte aus dem Stapel, »…sogar das Beerdigungsinstitut wünscht mir viel Erfolg als Pfarrer im Neuen Jahr. Also recht viele Beerdigungen.«

»…also deiner Mutter hab ich geschrieben, dass wir am zweiten Weihnachtsfeiertag schon weg sind. Zum Skifahren.«

Konstantin ließ die Erfolgswünsche vom Bestatter fallen. »Nein!«

»Wieso? Das war doch unsere Sprachregelung, oder? Die Kinder übernachten bei ihren Freunden, wir gehen ab dem 26. nicht ans Telefon, machen es uns hier zu Hause mit Büchern und Filmen kuschelig und sagen deinen Eltern, wir wären im Urlaub!« Meike stand schon im Flur, in der offenen Tür. Ein Luftzug bewegte sacht die Papiere auf Konstantins Schreibtisch.

»Äh… ja, das war die Verabredung.« Ihr Mann, der Pfarrer, errötete leicht. »Deinen Eltern hab ich aber geschrieben, ich hätte am zweiten Weihnachtsfeiertag Besuchsdienst im Altenheim.« Er schaute zu Meike wie ein ertapptes Kind, »und, äh, glaubst du, die telefonieren miteinander?«

»Ja«, hauchte Meike, »ja, das glaube ich.«

5

Querelen mit Quirinius Fiskus

I

W ieso denn nach Bethlehem?!«
Maria stand im Türrahmen der Schreinerei und
spähte suchend im Halbdunkel nach dem Stiefvater ihres
Ungeborenen.

Das helle Tageslicht hinter ihr zeichnete den Schatten-
umriss einer sehr dicken Frau auf den Werkstattboden.
Das war sie inzwischen, ja. Eine Schwangere im siebten
Monat. Maria seufzte.

»Atme nicht zu viel Sägespanstaub ein, Prinzessin, das
ist gefährlich für unser Kind!« Josef wollte das raspelnde
Geräusch des Hobels übertönen, ohne sich zu ihr umzu-
drehen. Prüfend fuhr er mit der Hand über den Balken.
»Wieso Bethlehem?«, wiederholte sie.

Er legte das Werkzeug beiseite, wischte sich die Hände
und trat einen Schritt auf sie zu. »Wegen der Volkszählung.« Fürsorglich zog er Maria am Ärmel nach draußen.

»Kann dieser Statthalter Quirinius uns nicht hier zu Hause zählen?«

»Nicht, wenn er gleichzeitig die Erbschaftssteuer schätzen will. Die hat Kaiser Augustus gesetzlich erlassen und Quirinius nimmt's halt genau. Deshalb muss sich jeder an seinem Geburtsort registrieren lassen. In meinem Fall ist das Bethlehem, leider.«

»Erbschaftssteuer! Ob du überhaupt was erbst, nach dem ganzen Tamtam?!«

Maria konnte sich ein ironisches Kichern nicht verkneifen. Josef schaute sich im Hof um, ob sein Vater womöglich in Hörweite war. Die familiären Wogen um Marias voreheliche Schwangerschaft hatten sich erst kürzlich gelegt.

»Schatz, hör zu: Um die Infrastruktur zu erhalten, braucht Rom Beamte. Die kosten Geld. Um den Frieden zu sichern, braucht Rom Legionäre. Die kosten auch Geld. Und weil das nicht auf Bäumen wächst, erhebt der Staat Steuern von seinen Bürgern.«

»Ich bin aber gar keine römische Bürgerin. Ich finanzier doch nicht unsere Unterdrücker!«, protestierte Maria.

Josef zwang sich, ruhig zu bleiben. »*Du* finanzierst sowieso nix. *Ich* erwirtschafte hier schließlich unser Einkommen.«

»Dann reite doch alleine nach Bethlehem. Hundertzwanzig Kilometer auf einem Esel sind gefährlicher für unser Kind als das bisschen Holzstaub in der Luft.«

»Stimmt«, lenkte Josef ein, »aber wir werden nun mal

steuerlich gemeinsam veranschlagt. Ehegattensplitting, verstehst du?«

Maria verstand nicht, verlagerte aber ihr Gewicht aufs andere Bein und überlegte kurz. »Sind wir denn schon verheiratet?«

Es entstand eine Pause. Hoch über den Dächern von Nazareth zerriss der Pfiff eines Bussards die mittägliche Stille. Josef suchte den Vogel gegen das gleißende Sonnenlicht, so als könne der ihn vor Marias nächster Rückfrage schützen:

»Warum werden Steuern nicht dort erhoben, wo sie erwirtschaftet werden? Hier, am Standort Nazareth, wo deine Werkstatt ist?«

»Weil der steuerrechtliche Sitz einer Firma und ihr Produktionsort nicht immer dasselbe sind. Unser Weinhändler da drüben zum Beispiel, der hat Filialen in Gallien. Manche Geldwechsler im Jerusalemer Tempel haben ihre Buchhaltung in die Provinz Helvetien verlegt. Und am Limes, wo die Franken eine Furt über den Main benutzen, da werden Schuldscheine und Bürgschaften und Anteilsscheine gehandelt, hab ich neulich gehört. So wie ich mit Balken und Brettern handle. Börse nennen sie das. Komisch, nicht?«

»Und irgendwann platzt die Blase, wetten?«

Josef wusste einen Lidschlag lang nicht, welche Blase seine schwangere Verlobte gerade meinte. Zum Glück sprach Maria weiter:

»Du zimmerst Schafställe und Futterkrippen, das ist wertschöpfende Realwirtschaft, finde ich. Und das tust du nun mal hier! Oder hast du eine Briefkastenfirma in Bethlehem?«

»Wozu sollte ich«, brummte Josef, »wenn eh alles an Quirinius geht.«

Das lange Stehen in der prallen Sonne tat ihr nicht gut. Mit dem bedächtig wankenden Schritt einer Frau im siebten Monat ging sie zum Hofbrunnen. Die Amphore vom Mauerrund zu heben ging verdächtig leicht – sie war leer.

»Oh nee! Könntest du Wasser nachfüllen, bevor unsere Tour losgeht?«

Maria setzte das große Tongefäß wieder ab und verschwand in der wohltuenden Kühle des Wohnhauses.

»Natürlich. Komme gleich.« Beruhigt stellte Josef fest, dass sie »*unsere* Tour« gesagt hatte. Er schöpfte Wasser in den Krug und folgte Maria ins Haus, um die nötigsten Siebensachen zu packen.

II

Eine glückliche Geburt, ein gesundes Kind, himmlisch schön singende Engel, staunend gratulierende Hirten – Josef hätte viele Gründe gehabt, genauso euphorisch gestimmt zu sein wie seine strahlende Maria. Doch statt Dankbarkeit Gott gegenüber empfand er Groll den Behörden gegenüber.

»Wusstest du, dass Quirinius die Volkszählung und Erbrechtfeststellung dazu benutzt hat, flugs eine Kopfsteuer für Nichtrömer zu kassieren?«, schimpfte er. Er war gerade vom Bethlehemer Verwaltungszentrum zurückgekehrt in den Stall am Ortsrand.

»Schau mal, wie ruhig er trinkt«, antwortete Maria.

Sie lag wie hingegossen auf den Strohballen. Josef nickte artig und sog die säuerlich riechende Luft ein:

»Kopfsteuer, Schatz, verstehst du? Wir sind jetzt zu dritt! Der Beamte meinte zwar, in den germanischen Provinzen denke man schon über Familiensplitting nach, aber das könne noch dauern. Hier und jetzt gilt erst mal das Gegenteil: Wer Kinder hat, zahlt.«

Maria drehte das Baby an die zweite Brust und lächelte entspannt zu Josef hinauf. Ob sie ihm wirklich zuhörte?

»Beamte brauchen keine Wirklichkeit, solange sie Vorschriften und Formulare haben. Wegen des blödsinnigen Geburtsort-Prinzips muss ich zu Hause wochenlang meine Schreinerei schließen, aber steuerliche Mindereinnahmen des Finanzamts in Nazareth werden ja durch Mehreinnahmen des Fiskus in Bethlehem wieder wettgemacht! Hochkonjunktur im Hotel- und Gaststättengewerbe. Na toll. Quirinius verliert keinen Heller. Er braucht nur Planungssicherheit für die Investitionen der öffentlichen Hand. Und wir kleinen Leute gehen dafür auf Völkerwanderung.« Josef hatte sich in Rage geredet.

Das Baby war eingeschlafen. Maria lehnte den Kopf zurück an die Wand und für einen Augenblick genoss Josef den anmutigen Schwung ihrer Hals- und Kinnpartie.

»Wir sollten Gott danken, Josef. Du hast einen erstgeborenen Sohn, wir haben Wunder erlebt, bald geht's nach Hause und …«

»Und die Priester in Jerusalem berechnen den Zehnten unserer Einkünfte und die Tempelsteuer noch vor Abzug jener Beträge, die wir an Rom blechen!«

Marias gelassene Entgegnung überraschte ihn: »Gebt Gott, was Gott zusteht. Und dem Kaiser, was dem Kaiser zusteht. In diesem Sinne jedenfalls sollten wir unser Kind erziehen.«

Josef lehnte sich an die Futterkrippe und verschränkte die Arme: »Auch wenn der Kaiser auf jeder Münze als anbetungswürdige Gottheit dargestellt ist? Manche Priester halten das für Verrat am ersten Gebot und rufen zum Steuerboykott auf, wusstest du das?«

»Ich hab davon gehört, ja. Finde ich aber weltfremden Unsinn.« Sie schloss die Augen. Josef beruhigte sich etwas:

»Ich auch. Quirinius befehligt vier Legionen in Syrien. Und lange bevor er die in Marsch setzen muss, werden ihm die Lizenzpächter vom Zoll verraten, wer die Boykotteure sind.«

»Zollpächter sind nebenher noch Spitzel?« Maria wirkte jetzt hellwach und ordnete ihr Schultertuch. Josef nickte:

»Als sich das Römische Reich zu viele Länder einverleibt hatte, um sie alle halbwegs gleich und gerecht verwalten zu können, privatisierte man das Finanzamt.«

»Wer kam denn auf so eine Idee!?« Maria legte behutsam das Baby ab und erhob sich ächzend.

»Einer der Vorgänger von Quirinius«, erzählte Josef weiter, »vor sechzig Jahren etwa, Licinius Lucullus.«

»Der Feinschmecker, der Starkoch?« Maria ging zur Stalltür und zog sie fest zu, weil sie Luftzug befürchtete.

»Genau der! Lucullus sagte: Steuern veranschlagen und

Steuern eintreiben – das machen nicht ahnungslose Bürokraten im fernen Rom, sondern private Inkasso-Gesellschaften vor Ort. Bürgernah, vertraut mit den lokalen Verhältnissen…«

»…und herzlich verhasst bei den Einheimischen«, warf Maria ein, bückte sich nach dem schlafenden Neugeborenen und legte es in die Krippe, »hast du schon mal Holzprodukte nach Jericho geliefert? Wo dieser unbeliebte Raffzahn am Stadttor sitzt, dessen zwergwüchsiger Sohn immer auf Bäume klettert, wie hieß der noch…«

»Zachäus senior. Import-Export, Steuer- und Zoll-Inkasso. Ja, kenn ich. Unangenehmer Typ, bei allem Mitleid mit seinem wachstumsgehemmten Kind.

Hat die Lizenz zum Geldeinsammeln erworben und garantiert Rom gegenüber einen jährlichen Sockelbetrag. Gut für die Planungssicherheit des Quirinius, schlecht für uns Mittelständler.«

III

Ein wunderschöner Komet am Nachthimmel, ein verwirrend ehrerbietiger Besuch dreier wohlhabender Babylonier, eine würdevoll anrührende Beschneidungsfeier im Tempel, wegweisende Worte des greisen Simeon – Maria hätte viele Gründe gehabt, genauso euphorisch gestimmt zu sein wie ihr lächelnder Josef. Doch statt Freude an Gott empfand sie Angst vor den Behörden.

»Ich hab ein mulmiges Gefühl, Josef. Irgendwas Bedrohliches liegt in der Luft.«

»Dann hör' auf, so viel Weihrauchkörner ins Feuer zu streuen. Ich bin auch schon ganz benebelt.«

»Josef! Jetzt mal Tacheles: Statthalter Quirinius ist ein knochentrockener Finanzpolitiker, die Volkszählung wird seine Kassen füllen, Kaiser Augustus kann mit ihm zufrieden sein. Unser eigener König Herodes aber, dieser Verschwörungstheoretiker, dieser psychopathische, der fragt sich jetzt doch, warum drei hochrangige ausländische Politiker mit *uns* reden wollten statt mit *ihm*! Das macht mir Bauchschmerzen.«

»Du hast wahrscheinlich das Essen mit Myrrhe gewürzt statt mit Basilikum.«

Josef grinste und rollte mit drei Fingern geschickt den Teigfladen um das Gemüse.

»Du nimmst mich ja gar nicht ernst!« Maria schmollte.

Bevor ihr Schweigen bedrückend lang werden konnte, rückte Josef mit dem Grund seiner Heiterkeit raus:

»Wir sind reich, Liebes! Wir haben ein Aurum Coronarium geschenkt bekommen, einen Lorbeerkranz aus purem Gold, schon vergessen?! Und selbst wenn im ganzen römischen Reich oder oben bei den Barbaren nördlich des Limes das Finanzsystem kollabieren sollte …«

»… dann vertraue ich lieber auf die Zusagen des Engels damals bei mir zu Hause, auf die Liedtexte der Engelchöre hier überm Stall und auf das, was mir Simeon im Tempel sagte! Ein Stück Gold in den Satteltaschen, Josef, das ist lachhaft!«, unterbrach ihn Maria, eine Spur zu laut.

Das Baby wachte auf und begann zu knöttern.

»Ja ja, okay, okay.« Josef wurde ernst. »Deine Sorge ist

berechtigt. Dein Bauchgefühl übrigens auch. Heute Nacht im Traum hat uns ein Engel Gottes dringend geraten abzuhauen.«

»Waaas?!!« Maria riss die Augen auf. Das Baby begann zu weinen.

»Aber weißt du was? Er hat mir auch versichert, das sei keine Steuerflucht nach Ägypten. Nicht mal nach den Gesetzen des Quirinius.«

6

Advent ist die »Ja, aber ...«-Zeit

Erklären Sie das mal jemandem. Dass man den Vorweihnachtsrummel mitmacht, aber eigentlich dagegen ist. Dass Pfarrer von einer besinnlichen Feierstunde zur nächsten hetzen, aber überall stille Nachdenklichkeit empfehlen. Dass so ein Geistlicher gegen den Kaufrausch ist und für das »Wesentliche« predigt, aber im Wesentlichen durch die Kaufhäuser pflügt wie alle anderen auch. Dass er die spirituelle Sinnentleerung des Festes schlecht findet, die kerzenromantische Schönheit des Brauchtums aber auch wieder gut findet.

Kurz: Konstantin fühlte sich ab Ende November meist mies. Als Pfarrer empfand er, tja, wie soll man sagen, eine Art Glaubwürdigkeitskrise bei andauerndem Erklärungsnotstand. Seine Frau und seine zwei Söhne ermahnte er zwar, die irrwitzige Größer-Schöner-Teurer-Spirale beim Geschenkemachen nicht mitzumachen – aber was sollte er machen: Gemeindemitglieder schenkten ihm sündhaft teure Rotweine, silberne Füllfederhalter, zig Kilo schwere Bildbände, edle Hörbuch-CDs... Musste er sich da nicht revanchieren?

Sollte er undankbar sein, dass ihm Schreibwarenhändler und Krankenhausdirektoren, zufriedene Teilnehmerinnen der Gemeindefreizeit und wohlhabende Kirchenchorsänger »kleine Aufmerksamkeiten« zusteckten?

Solche Geschenke im heimischen Wohnzimmer erregten sofort die spöttische Aufmerksamkeit von Herbert und Susanne. Freunde der Pfarrersleute, ja. Fast zehn Jahre älter als sie. Nicht wirklich eng befreundet, aber doch als sporadische Gäste geschätzt wegen ihrer unkonventionellen Ansichten. Alle vier saßen beim Espresso, nach dem Essen. Ein endlich terminierter ruhiger Sonntagabend am ersten Advent sollte friedlich ausklingen. Teelichte illuminierten jedes Fensterbrett, Tannenzweige winkten aus den Winkeln der Schrankwand.

»Nicht mit mir, hab ich dem Edeka-Pächter gesagt, nicht mit mir! Wenn Anfang August in seinen Regalen die Nikoläuse und Lebkuchenherzen das Ende der Sommerferien ankündigen, dann …!«

Wie energisch Susanne so was sagte, das gefiel Herbert insgeheim. »… dann brauchen wir weihnachtsfreie Zonen. Rauchfreie haben wir inzwischen ja überall.« Sie hatte es nach Jahrzehnten als Heilpädagogin bis zur Dozentin an einer kirchlichen Fachhochschule gebracht. Hatte Alice Schwarzer mal persönlich getroffen und wäre wohl gerne als Frauenbeauftragte in Herberts Firma gegangen. Herbert war Betriebsratsvorsitzender in einem Hightechkonzern und pflegte, auch äußerlich, die Aura des Spät-68ers. Weißgrauer Fünftagebart, kreisrunde Brillengläser, weiter Pullover über ausgewaschenen Jeans. Zumindest nach Feierabend.

»Dieses Jahr machen wir ernst!«, grinste Herbert und pfriemelte seinen Halfzware-Tabak ins Zigarettenpapier, »dieses Jahr lassen wir uns weder einlullen noch abzocken von der ganzen Weihnachtsorgie. Gut fand ich ja, was eure Gemeinde da neulich veröffentlicht hat.«

Meike zögerte beim Zuckernachfüllen und schaute ihren Mann fragend an. Konstantin erinnerte sich nicht, irgendwas Kritisches zu Weihnachten in den Gemeindebrief geschrieben zu haben.

»Na, was Mitte November im Briefkasten lag …« Susanne kramte in ihrer wollenen Handtasche mit indianischen Webmustern nach einem Brief. »Hier. Die sogenannte Handreichung des Umweltbeauftragten der Kirchen: Lametta enthält 98 Prozent Blei, Christbaumkugeln sind aus cadmiumhaltigen Schwermetallen und Wunderkerzen verbreiten giftiges Bariumnitrat. Nur die heimische Rotfichte, dekoriert mit Strohsternen, Äpfeln und Bienenwachs-Kerzen wäre ein schöpfungsschonender Weihnachtsschmuck!«

Konstantin seufzte auf. »Ja ja, im Prinzip schon«, wollte er sagen, »aber …«

Wie er zur Advents- und Weihnachtszeit immer »Ja, aber« sagen musste.

»Und dass dieser schädlich dekorierte Tannenbaum an und für sich gar kein christliches Symbol ist, steht auch drin. War mal ein germanisch-heidnischer Fetisch oder so was. Wintersonnenwende, Wotan, nordische Mystik, verstehst du?« Susanne kicherte und faltete die »Handreichung« wieder zusammen.

»Na ja …«, beschwichtigte Konstantin, »aber ein christianisierter heidnischer Baum ist doch auch …« Schon wieder hatte er »Ja, aber« gesagt. Wie so oft um diese Jahreszeit. Er wurde unterbrochen.

»Bei uns in der Firma …«, kicherte jetzt auch Herbert und ließ mit einem kräftigen Zug sein krummes Tabakröllchen aufglühen, »bei uns geht gerade so eine Nikolaus-Rundmail aus dem Internet rum: Der Schlitten des Nikolaus müsste rund 378.000 Tonnen Geschenke transportieren, wenn er jedem Kind aus den christlichen Familien der Weltbevölkerung auch nur ein Kilo Spielzeug bringt! Ein gesundes Rentier kann rund 175 Kilo ziehen, also bräuchte der Nikolaus etwa 216 000 Rentiere im Gespann. Deren addiertes Eigengewicht im vollen Galopp plus die Nutzlast des Schlittens ergäbe im All als beschleunigte Gesamtmasse eine Geschwindigkeit von 1040 Kilometern pro Sekunde! Das heißt: Die Viecher würden bei Eintritt in die Erdatmosphäre an ihrem eigenen Luftwiderstand verglühen. Den korpulenten Nikolaus würde es mit einem Druck von 20,6 Millionen Newton an die hinter ihm gestapelten Geschenke nageln!«

Die beiden lachten. Herbert über seinen eigenen Witz. Susanne über so viel auswendig gesagte Zahlen.

Konstantin schmunzelte über die Vorstellung an sich. Er griff zum Espresso-Tässchen. »Na ja, *aber* … aber komischerweise lieben wir selbst noch den verglühenden Nikolaus mehr als die kalten Lehrsätze der Physik.«

Meike strahlte. Wie ihr Mann das wieder gesagt hatte! Merksätze formulieren, das konnte Konstantin, fand sie. Und zu Weihnachten »Ja, aber …« sagen.

»Aber jetzt mal Spaß beiseite«, schaltete sie sich überraschend ein, »wenn ich mir überlege, wie viele Zigtausend getrennt Lebende und Geschiedene sich in der Adventszeit um das Besuchsrecht ihrer Kinder zanken! Wie heftig um den Heiligabend-Aufenthalt der Scheidungskinder gestritten wird, dann …«

»Dann müsste man Weihnachten aus humanitären Gründen abschaffen, genau!«, setzte Herbert ihren Satz fort und drückte seine Zigarette aus, »und wie viele Rechtsanwälte ihren Dezemberlohn damit verdienen, diese weihnachtlichen Besuchs-Modalitäten zu erzwingen – es kotzt einen an!«

Konstantin wurde es unwohl. Die plötzliche Zustimmung seiner Gattin zu diesen weihnachtsfeindlichen Attacken verwirrte ihn. »Nun ja, das ist die eine Seite, *aber …*«

Sein Einwand unterlag gegen die temperamentvolle Susanne: »Und wie viele Ärzte stellen fingierte Atteste aus, um bettlägerige Opas und Omas über Weihnachten in einem Krankenhaus zu parken? Frag mal die Krankenkassen, warum sich häusliche Pflegefälle kurz vor Weihnachten wundersam in stationär klinische Pflegefälle verwandeln!«

»Tatsächlich?!« Meike sah ihren Gatten so herausfordernd an, als müsse der sofort was dagegen unternehmen.

»So was gibt's, ja, ja. *Aber in unserer Gemeinde* zum Beispiel …«

Was Pfarrer Konstantin jetzt von einer sich rührend aufopfernden Frau aus seiner Gemeinde erzählte, die ihre pflegebedürftigen Eltern …, also das ging irgendwie unter. Weil Susanne aufs Klo ging, Herbert um eine zweite Tasse bat und Meike an der Espressomaschine ein ohrenbetäubendes Zischen auslöste, dem Start einer Boeing 747 nicht unähnlich.

»Weißt du, Konstantin«, rief Herbert gegen das Rauschen und Röcheln an, »da lobe ich mir die Singles. Die machen konsequent und alternativ Heiligabend nix. Ratz fatz gar nichts!«

Konstantin schüttelte den Kopf und lehnte sich zurück, um seine Souveränität wiederzugewinnen, »ja, *aber was ist das*: gar nichts machen?«

Meike an der Espressomaschine versuchte ihrerseits, das Geräusch des karibischen Wirbelsturms zu übertönen: »Glaubst du, die bügeln Heiligabend ihre Blusen, etikettieren Marmeladengläser und kochen eine Tütensuppe auf? Nie im Leben!«

»Hinzu kommen ja…«, Susanne kam herein und schwadronierte weiter, als sei sie nie aus dem Zimmer gegangen, »hinzu kommen ja noch die ungerechten Kakaopreise für westafrikanische Erzeugerländer!« Die anderen stutzten kurz, waren aber sofort und stillschweigend einverstanden mit diesem thematischen Hakenschlag. »Schokolade ist im Grunde eins der letzten kolonialistischen Produkte. Bettelarme Pflückerkinder…« Susanne ließ sich wieder zurück aufs Sofa fallen.

Ihrem Gastgeber fiel ein, dass im Kühlschrank noch eine Tafel »Weihnachtstraum« sein musste, seine Lieblingssorte. Mit Mandeln und Zimtgeschmack. »Jaaa…«, unterbrach er Susanne gedehnt und jetzt merklich lauter, »*aber für diese Kakaopflückerkinder* sammeln wir doch schließlich im Advent!« Ein schlagendes, ein überzeugendes »Ja, aber« war das. Fand er.

Zum ersten Mal entstand eine Verschnaufpause.

Herbert, der alte Betriebsrat, hatte Konstantins ärgerlichen Unterton herausgehört und lenkte diplomatisch ein: »Das ist auch gut so, Konstantin. Gar nichts dagegen. Nein zum Konsumterror, Ja zur Wohltätigkeit! Euer, wie heißt er, der, der…, euer Spezialpfarrer für den christlich-muslimischen Dialog, der hat auch was zu Weihnachten veröffentlicht. Dass man im Fastenmonat Ramadan mehr Solidarität mit unseren islamischen Mitbürgern zeigen sollte.«

Susanne schwieg stirnrunzelnd und auch Konstantin verstand nicht ganz, wie sein Gast jetzt vom Kakao-Kolonialismus auf den Ramadan kam.

»Und?« Meike goss Herbert eine dritte Tasse Espresso ein. »Heißt das, wir sollten unsere Weihnachtsschokolade erst nach Sonnenuntergang essen?« Alle lachten, außer Konstantin. Er kannte den erwähnten Amtsbruder. Und traute ihm glatt zu, dass der seine Kekse erst im Dunkeln knabberte. Aus Solidarität.

Herbert trank aus. Susanne mahnte, jetzt aber bald zu gehen. Als das Telefon klingelte, standen die beiden auf. Konstantins Mutter war dran.

Nein, sie störe überhaupt nicht, sagte er. Ja, viel Besuch, aber nein, das ist im Advent ja besonders gemütlich. Ja, die Wunschliste für sinnvolle Geschenke an die Enkel kommt demnächst, aber erst wenn die Enkel überhaupt Wünsche äußern.

Susanne schulterte ihre indianische Tasche und hauchte Konstantin ein Abschiedsbussi an die telefonfreie Wange. Herbert klopfte ihm jovial auf die Schulter, »Ciao, und danke für alles, ciao!«

Meike brachte die beiden zur Tür.

Konstantin musste weitertelefonieren. Wer sich da gerade verabschiede? Sehr nette Freunde. Sehr nette, ja, aber ein bisschen arg weihnachtskritisch. Na ja, aber kritisch bleiben gegen den Rummel ist ja auch wichtig. Ja, der Christstollen ist angekommen, aber probiert haben wir ihn noch... nein, nicht wegen des Zitronats noch nicht. Nur so noch nicht. Einfach so noch nicht. Ja, wir sind über Weihnachten zu Hause, aber na ja, das heißt nein, das ist noch nicht entschieden. Ja-ha. Aber – gern doch.«

7

Die Sterne dort, die sind von dir

Das Wichtigste an Weihnachten
ist: auf den Glühwein achten.
Und: wem wir letztes Jahr wie viel,
was für Geschenke machten.
Ganz wichtig auch: die Niedlichkeit.
Das süße Jesusbübchen.
Es strahlt uns an aus Äuglein weit,
hat Pausbäckchen und Grübchen.

Vor Krippenkitsch und Tannenduft,
vor Keksen und vor Kerzen
fliehe ich nachts raus an die Luft
und sag' aus tiefstem Herzen:

Die Sterne dort, die sind von dir!
Das Leben jeder Art!
Den Geist, das Gen, die Galaxien –
du bringst sie an den Start.
Du bist die Macht! Die Macht schlechthin –

und machtest dich ohnmächtig?
Gabst dich als Kind den Menschen hin,
bedürftig und verletzlich?

Das Wirksamste an Weihnachten
ist: Christus zu betrachten.
Ihn in Gestalt des Flüchtlingskindes
nicht gering zu achten.
Ganz richtig auch: die Niedrigkeit,
arm in Marias Armen.
Wen die Erbärmlichkeit berührt,
hat mit der Welt Erbarmen.

Bin zu gelähmt, bin zu gehetzt
für solche Herzensregung.
Die Macht des Kindes aber setzt
mich liebend in Bewegung.

Du bist die Macht. Die Macht schlechthin.
Machtest dich missverständlich
durch deinen Abstieg zu mir hin.
Weil du mich liebst. Unendlich.

Die Sterne dort, die sind von dir.
Das Leben jeder Art.
Den Geist, das Gen, die Galaxien –
du bringst sie an den Start.
Du bist die Macht, die Macht schlechthin,
und machtest dich ohnmächtig.
Gabst dich als Kind den Menschen hin,
bedürftig und verletzlich.

8

Wenn die Weihnachtsmuffel klingeln

Du hast herrlich ausgeschlafen an diesem vierten Adventssamstag. Vor dir liegt ein freier Tag, denn alle Geschenke sind schon abgeschickt, alle Essensvorräte gebunkert und einen Weihnachtsbaum kaufst du erst nächste Woche. Wenn überhaupt. In der Luft liegt die schiere Lebenslust, auf dem Boden liegt die Hälfte deines Hausrats. Du stehst in Unterwäsche vor dem Waschbecken, da klingelt es an der Haustür.

»Die Post!«, freut sich dein Herz und klopft schneller. »Originelle Grußkarten, Sonderangebote, Gutscheine, Päckchen mit kleinen Überraschungen drin!« Arglos drückst du auf den Türöffner und rufst ins Treppenhaus hinunter: »Legen Sie bitte alles auf die Kommode im Flur! Ich bin im Bad, Augenblick noch…«

Doch statt des Briefträgers steht plötzlich eine ältere Dame mit besorgtem Gesichtsausdruck in deiner Wohnungstür. Hinter ihr ein schüchternes Teenagermädchen, das die Haare zu einem Knoten hochgesteckt hat.

»Wir würden gerne mit Ihnen über wichtige Lebensfragen sprechen«, sagt die Dame. »Zum Beispiel, ob es richtig ist, Weihnachten zu feiern«, fügt das Mädchen hinzu und lächelt scheu.

Ach du Schreck.

Nein, es sollen hier nicht die Zeugen Jehovas diskriminiert werden. Wir leben in einem weltanschaulich neutralen Staat, der jedermann Religions- und Gewissensfreiheit gewährt. Und die Meinungs- und die Versammlungsfreiheit. Und das Recht, an der Tür zu missionieren. Soll sein, soll alles sein.

Es gibt rund sieben Millionen Zeugen Jehovas weltweit und mehr als 130 000 in Deutschland. Ihr missionarischer Eifer und ihre gläubige Ernsthaftigkeit stehen gar nicht zur Debatte. Nur: Warum müssen die ihre Überzeugung an so einem strahlend blauen Wintermorgen bezeugen?! Und von der Schändlichkeit des Weihnachtsfestes reden?!

Doch Vorsicht: Alles, was du jetzt sagst oder tust, hat Vor- und Nachteile.

Möglichkeit Nummer 1: Du schließt dich ins Badezimmer ein und lässt die Dusche laufen.

Vorteil: Statt über den Weihnachtssinn zu diskutieren, kannst du in Ruhe leere Shampoo-Flaschen aussortieren. Endlich mal den Kosmetik- und den Apothekenschrank aufräumen! Du kannst frische Handtücher sortieren oder dir die Zehennägel schneiden.

Der Nachteil: Dich quält die wichtige Lebensfrage, ob deine Geldbörse irgendwo da draußen herumliegt. Ob auch brav aussehende Haustürmissionare womöglich in kleptomanische Versuchung kommen können.

So kurz vor Weihnachten...

Möglichkeit Nummer 2: Du verneigst dich mehrmals mit aneinandergelegten Handflächen und sagst mit näselnder Fistelstimme sinnlose Fantasiewörter.

»Frizzi mitsubishi nakachimo sony kamasutra aah?«

Der Vorteil: Die beiden lassen dir ein japanisches und ein chinesisches Traktat da und verschwinden.

Der Nachteil: Dich quält die wichtige Lebensfrage, was passiert, wenn sie zwei Stunden später mit ihrem koreanischen Gastprediger zurückkommen.

Möglichkeit Nummer 3: Du formst mit den Lippen lautlose Wörter, schneidest Grimassen und gestikulierst energisch mit Armen, Händen und Fingern. Du imitierst die Gebärdensprache, obwohl du sie gar nicht kannst. Hat doch ein Übersetzer bei der Trauerfeier für Nelson Mandela im Dezember 2013 auch gemacht.

Der Vorteil: Man wird dir nur den Bibelvers über die Heilung des Taubstummen vorlesen und dann gehen.

Der Nachteil: Dich quält die wichtige Lebensfrage, was passiert, wenn die ältere Dame in perfekter Gebärdensprache antwortet. Und die jüngere ihr ins Ohr flüstert: »Aber er hat doch die Klingel gehört!«

Möglichkeit Nummer 4: Du ziehst dich nicht an, sondern aus. Du trittst splitternackt ins Wohnzimmer und sagst freundlich »Aber gern! Bitte, setzen Sie sich. Kaffee? Tee?

Es interessiert mich brennend, welche wichtigen Lebensfragen ich, gerade im Zusammenhang mit dem bevorstehenden Weihnachtsfest...«

Der Vorteil: Die beiden ergreifen panisch die Flucht und dein freier Tag kann so harmonisch weitergehen, wie er begonnen hat.

Der Nachteil: Dich quält die wichtige Lebensfrage, in welchem Knast du wohl das Weihnachtsfest verbringen wirst, wenn das Teenagermädchen zum Smartphone greift und dich wegen sexueller Belästigung bei der Polizei anzeigt.

Möglichkeit Nummer 5: Du suchst im Internet jenes Foto, das die Herausgeber der Zeitschrift »Wachtturm« bei ihrer Weihnachtsfeier 1926 zeigt. In New York, unter Tannengirlanden und Kerzenkronleuchtern! An einem noch ganz unbeschwerten Heiligen Abend. Das war immerhin zwölf Jahre, nachdem Jesus nicht wiedergekommen war. Das hatten die Zeugen Jehovas nämlich für 1914 angekündigt. Und warum hielt sich der Herr und Weltenrichter nicht an das errechnete Datum? Weil die Zeugen Jehovas noch »unrein« waren. So lautete später die Begründung. Weil sie heidnischem Firlefanz frönten, wie zum Beispiel dem Weihnachtsfest, genau! Und seither dürfen Kinder aus Familien dieser Glaubensrichtung weder im Kindergarten noch in der Grundschule mit Weihnachtsliedern verunreinigt werden. Wegen der Religionsfreiheit, kling Glöckchen klingelingeling!

Der Vorteil dieser Vorgehensweise: Du schüchterst deine Besucher mit Fachwissen ein.

Der Nachteil: Dein Vormittag geht halt doch mit Diskutieren drauf.

Nichts von alledem wäre nötig, wenn jetzt ein Wunder geschähe. Ein, nun, sagen wir ruhig, Weihnachtswunder: Hinter den beiden Damen kommt plötzlich tatsächlich der Briefträger die Treppe hochgestapft. Er legt freundlich nickend den ersehnten Liebesbrief, die Gutscheine, Schecks, Geschenkpäckchen, Steuerbefreiungs-Bescheide und Lotteriebenachrichtigungen auf die Kommode im Flur und sagt zu deinen ungebetenen Gästen: »Da unten soll gerade ein falsch geparkter Pkw abgeschleppt werden. Ist das Ihrer?«

9

Weihnachtspost von der Behörde

Weihnachtspost von der Behörde. Absender: Innenministerial-Finanzfahndungs-Oberamts-Sekretär Franz Xaver Pingelmann, Jerusahausen. Abteilung Anträge, Beglaubigungen und vierfache Durchschläge
Empfänger: Unterkommunal-Sachbearbeiter Gustl Gscheitmayr. Bürgermeisteramt Bethlehem
Betreff: M., J. und Kind
Die Ortsbegehung des Anwesens Flur vierundzwanzig/12/00, ausgewiesen als landwirtschaftlicher Nutzungsraum, hat die offensichtlich spontane Zweckentfremdung infolge Inbetriebnahme als Hotelgewerbe ohne entsprechende Anmeldung oder Umsatzsteuer-Voranmeldung ergeben.
Darüber hinaus wurde ein nicht nach EU-Norm kontrollierter und insofern BSE-verdächtiger Tierbestand – hier: Ochs und Esel – vorgefunden, neben einer die innere Sicherheit und den sozialen Frieden gefährdenden Asylantenflut von drei Personen. Bei dem Mann, der Frau und ihrem eventuell eigenen Neugeborenen – vor allem der Vater macht dazu uneindeutige Aussagen – handelt

es sich angeblich um eine nicht eheliche Lebensgemeinschaft, vermutlich jedoch um eine Scheinehe zum Zwecke des Bethlehem-Aufenthalts der Frau. Für das Neugeborene konnten die Stallbesetzer weder eine Geburtsurkunde noch den Nachweis einer kinderärztlichen U1-Untersuchung vorweisen, ebenso fehlen Mutterpass und Krankenversicherungskarte der Gebärerin. Auf unzivilisierte Sitten im Herkunftsland deutet auch der Umstand hin, dass die Eltern ihr Kind gewohnheitsmäßig in einem Futtertrog halten. Eine Gruppe landwirtschaftlicher Leiharbeiter ignorierte die Aufforderung, ihre Lohnsteuerkarten vorzuzeigen, und verweigerte die Auskunft, ob ihr Nachtarbeitszuschlag versteuert ist. Stattdessen gaben die Leiharbeiter beglückt »Engelsgesang« zu Protokoll. Daraufhin veranlasste Blut- und Urinproben zur Feststellung von Dopingmitteln oder Drogen blieben jedoch ohne auffälligen Befund.

Eine im Stallhotel befindliche ausländische Touristengruppe – laut Einreisevisum Wissenschaftler der Astronomie – wurde der unerlaubten Arbeitsaufnahme überführt, da sie einen »Stern gesehen« hatte, also zweifelsfrei ihrem Beruf nachgegangen war.

Das festgesetzte Bußgeld für diese und andere Ordnungswidrigkeiten (Kamele parken im Halteverbot zum Beispiel) entrichteten sie sofort in Gold, Weihrauch und Myrrhe. Zu prüfen bleibt, ob der Goldbetrag unter das Geldwäschegesetz fällt, ob es eine unzulässige Kreditvergabe an die Eltern des Kindes, eine tatsächlich gemeinnützige Spende oder eine Schenkung zwecks Hinterziehung der Erbschaftssteuer ist.

Seitens meiner Behörde ordne ich die sofortige Inhaftierung der Hirten und der Weisen an, da Verdunklungsgefahr besteht (»Heilige Nacht«!), und empfehle die baldige Abschiebung der Asylanten, bevor sie dieser unserer ordnungsgemäßen Maßnahme durch Flucht (denkbar wäre Ägypten) zuvorkommt.

Sollten sich die steuerflüchtig scheinverheiratet schwarzarbeitenden Verdächtigen dem behördlichen Zugriff widersetzen, ist herodischerseits die Option Kindermord nicht auszuschließen.

Mit gründlichem Gruß, hochachtungsvoll,

Pingelmann (nach Diktat verreist)

10

Mehr Respekt, bitte!

Na endlich! Die beglaubigte Kopie der Geburtsurkunde, das Realschul-Abschlusszeugnis, den Lohnsteuerbescheid des letzten Ferienjobs, die Eingangsbestätigung des Bewerbungsschreibens bei einem Ausbildungsbetrieb – sie hatte alle beisammen. Alle Unterlagen. Und wollte, nein, sie musste diese Papiere noch vor Ablauf des Dezember amtlich vorlegen. Obwohl es zum Verrücktwerden war.

»Unsere Tochter macht ja schon noch eine Ausbildung – aber erst, wenn sie von ihrer Backpackertour zurück ist!«

Das wollte Roswitha erklären. Dem Beamten von der »Agentur für Arbeit, Abteilung Familienkasse«. Dass ihr Kind seit dem ersten Advent für drei Monate nach Australien und Neuseeland geht. Wie die meisten in diesem Alter. Fast siebzehn Jahre lang war das Kindergeld treu und brav gekommen und jetzt das: eine Nachzahlungsforderung über sechshundertsechsundfünfzig Euro für »unberechtigt bezogene Sozialleistungen«! Nur weil ihr Kind vor vier Monaten die Realschule verlassen, dann in einer

Fabrik gejobbt hatte und jetzt auf Reisen war? Roswitha kam sich vor wie eine Kriminelle.

Das Arbeitsamt, wie sie noch immer sagte, befand sich neben dem Landratsamt. Das Landratsamt wiederum in einer Einbahnstraße mit Halteverbot. Für »Publikumsverkehr« – das Wort stand tatsächlich so im Briefkopf – geöffnet donnerstags von dreizehn Uhr dreißig bis sechzehn Uhr. Es regnete wie aus Eimern. Zwei Parallelstraßen entfernt war noch eine Parkbucht frei. »Parkscheinautomat 300 Meter«, las Roswitha auf einem Schild. Unsinn. Sie legte einen alten Beleg unter die Windschutzscheibe und stand punkt halb zwei vor der Glastür des Verwaltungshochhauses. Punkt Viertel vor zwei wurde sie geöffnet. Eine endlos scheinende Reihe von Schaltern unterteilte den riesigen Raum in einen Wartebereich davor und ein Großraumbüro dahinter. Gummibäume waren vereinzelt mit Weihnachtskugeln behängt. Auf einigen Schreibtischen standen halb abgebissene Schokoladen-Weihnachtsmänner, über einem PC-Bildschirm blinkte eine Lichterkette.

Obwohl keine Menschenseele zu sehen war, hörte Roswitha lebhaft-heiteres Geplauder. Klang es hinter den Tischen hervor, über denen ein Pappschild »P bis Z« hing? Tatsächlich – zwischen Gummibaum und Sichtblende unterhielt sich ein schlanker älterer Mann, sonnengebräunte Vollglatze, Muskel-T-Shirt, mit einer fülligen jungen Dunkelhaarigen, deren Augenbrauen, Nasenflügel und Lippen mit kleinen Metallkugeln gepierct waren.

»Entschuldigen Sie, bin ich hier richtig bei …«

Wieherndes Gelächter ließ darauf schließen, dass Roswitha beinah eine Witzpointe zerstört hätte. Die beiden scherzten weiter miteinander.

»Hallo? Guten Tag. Ich möchte bitte…«

Keine Reaktion. Jetzt erzählte die Frau dem Mann etwas.

»Haa-looo! Ich möchte wegen des Kindergeldes…«

Roswitha wurde lauter. Der Deoroller-Kopf drehte sich zu ihr: »Nummer ziehen!« Dann wandte er sich wieder der Dicken zu.

Nummer ziehen? Sie ging zur Eingangstür zurück und zog eine Nummer aus dem Zettelspender. Siebenunddreißig. Siebenunddreißig?? Aber sie war doch die Erste und Einzige weit und breit!

»Entschuldigen Sie«, unterbrach sie die Beamten erneut, »wieso hab' ich die Nummer siebenunddreißig, wenn hier keiner sonst…«

»Deine Name!« Jetzt trat die dunkle Gepiercte hinter dem Gummibaum hervor.

Roswithas Familienname beginnt mit einem H.

»Da!« Die Beamtin deutete durch kurzes Kopfzucken in die Richtung der Schalter E bis H.

»Da ist aber niemand!«, protestierte Roswitha und legte los, »also: Sie wollen vier Monate Kindergeld à hundertvierundsechzig Euro zurückerstattet haben, weil unsere Tochter kurzzeitig gejobbt hat und…«

»Nischt hia, Frau! Frage Sie dem zuständige Kollega, okay?!«

Und weg war sie. Schlagartig.

Ein unrasierter Hüne im Blaumann kam herein und trug einen Stapel roter Autokennzeichen unter dem Arm. Er war klatschnass vom Regen draußen und wollte sich vordrängeln.

»Hier ist nicht die Zulassungsstelle!«, fauchte Roswitha ihn an. Sie blieb eisern unter dem Schild P bis Z stehen. Dabei tat ihr der Mann im Grunde leid. Auf einer der grauen Sitzschalen an der Wand saß eine junge Schwarzafrikanerin. Stumm, mit ergebenem Gesichtsausdruck. War wohl noch von der Vormittags-Öffnungszeit übrig geblieben.

Es dauerte, bis Roswithas Steh-Streik Wirkung zeigte. Der männliche Beamte kam doch noch nach vorne zum Schalter. Er blätterte all die Bescheinigungen, beglaubigten Kopien, Kontoauszüge, ausgefüllten Fragebögen und Bescheide durch, die Roswitha triumphierend präsentierte.

Auf seinem Rücken steht irgendein Wort, dachte sie. Wenn er sich tiefer vorbeugt. kann ich's lesen.

»Tjaaa...«, unbeeindruckt, aber überlegen grinsend, holte der Mann tief Luft, »...hat Ihre Tochter das Beschäftigungsverhältnis nachweislich beendet und können Sie glaubhaft machen, dass die Ausbildung auch angetreten wurde, dann – bitte sehr – können Sie ja formal und schriftlich Einspruch gegen unseren Bescheid erheben.«

Jetzt, infolge einer leichten Drehung seines Oberkörpers, konnte Roswitha das Wort auf seinen Schulterblättern erkennen. »RESPEKT!« stand auf dem T-Shirt. In Großbuchstaben. Mit Ausrufezeichen. Und klein darunter: »Ich bin auf der Arbeit, nicht auf der Flucht.«

Unter dem Scheibenwischer ihres Wagens klemmte ein Knöllchen. Fünfundzwanzig Euro fürs Falschparken. Die Politesse war noch da, etwa drei Autos weiter vorn. Sie hatte wegen des heftigen Regens eine Art Klarsicht-Plastikplane mit Kapuze über ihre Uniform gezogen, was Roswitha an einen Zwerg und den Begriff »Ganzkörperkondom« denken ließ.

»Aber ich musste doch nur schnell…«, rief Roswitha ihr bittend hinterher und wedelte mit dem nassen Überweisungsformular.

»Das sagen alle. Ein bisschen mehr Respekt vor der Straßenverkehrsordnung!«, rief die Politesse zurück. Sie wandte sich ab und ging weiter.

Ja, dachte Roswitha, das stimmt. Aber wer respektiert eigentlich mal mich?

11

Engel mit Flammenschwert

Wenn Wolf-Rüdiger den Kopf leicht nach links neigte, sah es so aus.

Dann konnte man es fast meinen, ja. Als hielte der alberne Salzteigengel am Weihnachtsbaum, der da, der komplett naive, rechts oben, als reckte der ein brennendes Schwert in die Höhe. Was natürlich nur die Kerze hinter ihm auf dem Tannenzweig war.

Jedes Jahr hatte Wolf-Rüdiger über betuliche Handarbeits-Kreationen gelästert. Salzteig! Selbst gebastelter Nippes, gut gemeinter Hausfrauenkitsch. Vergeblich. Ein Weihnachtsbaum müsse anheimelnd aussehen, hatte Roswitha argumentiert, müsse gemütlich wirken wie ein alter Gewürzladen. Nicht hochglanzglitzernd wie ein Prada-Schaufenster. Mehr Erzgebirge und weniger Las Vegas. So ungefähr hatte sie es gesagt. Jedes Jahr hatte er genickt, ist ja gut, von mir aus. Und jetzt das!

Wolf-Rüdigers räumliches Sehen tendierte gegen null. Was am Sauerstoffmangel im Wohnzimmer liegen mochte oder am Rotwein, der sanft an die Schläfen klopfte. Jedenfalls – wenn er die Augen zusammenkniff, dann, mit etwas Fantasie, dann flackerte die Kerze hinter diesem Engel wie eine Fackel in seiner Hand. Dann wandelte sich die hutzelige Salzteigfigur zur grandiosen Freiheitsstatue, ha! Könnte auch ein biblischer Cherub sein mit Flammenschwert. Das gemütvolle Engelein, diese frömmelnde Niedlichkeit, erscheint als grimmiger Türsteher, der den Zugang zum Paradies versperrt.

Nur noch mit einer 3-D-Brille hätte er den Abstand zwischen Engel vorn und Kerze hinten wahrgenommen. Aber nackten Auges und obendrein bleiern müde fragte er sich jetzt, warum Gott extra noch feuerbewaffnete Himmelswesen ans Paradiestor postiert hatte, nachdem der Mensch eh schon aus dem Garten Eden vertrieben war?!

Wolf-Rüdiger dämmerte in einen Tagtraum weg. Die Fragen seiner siebenjährigen Nichte vor ihm auf dem Teppichboden klangen wie aus weiter Ferne. Die kleine Melanie blätterte schon seit Ende des Abendessens in ihrer nagelneuen Kinderbibel.

»Von wem haben Adam und Eva denn sprechen gelernt, wenn sie keine Eltern hatten?«

Der schläfrige Onkel zuckte mit den Schultern.

»Erst langsam wie Babys oder konnten die alle Wörter sofort?«

Seit Wolf-Rüdigers eigener Kinderbibel-Lektüre waren knapp fünfzig Jahre vergangen, aber auf so eine Frage war er noch nie gekommen.

»Konnten Adam und Eva lesen und schreiben und rechnen?«

Wolf-Rüdiger öffnete die schweren Lider: »Ich glaub nicht. Im Paradies gab's ja keine Schule.«

Melanie verstummte erschrocken. Jedes neue Wort, das sie entziffern konnte, kam ihr als Erstklässlerin wie eine Eroberung vor. Zur-Schule-Gehen war noch reines Vergnügen, war Abenteuer und Entdeckung, war eine zuverlässig sprudelnde Quelle für Stolz und Anerkennung. Das mitleidig hämische Vogelzeigen ihrer zwei älteren Geschwister ignorierte sie hartnäckig.

»Schade.« Sie blätterte weiter.

Wolf-Rüdiger roch plötzlich die Ausdünstung seines ersten Schulranzens, wenn man ihn öffnete. Er hörte das Rascheln der papiernen Innenverkleidung seiner knallbunten Schultüte am ersten Schultag. Er sog noch einmal die Sommerluft eines ersten Ferientages ein. Die Luft an schulfreien Tagen füllt die Lungen nämlich anders als normale Luft, echt!

Durch die geöffnete Küchentür war Roswithas Stimme zu hören. Irgendwas amüsierte sie. Glucksendes Gelächter mischte sich in das Klappern des Geschirrs und das Rauschen der Dunstabzugshaube. In Wolf-Rüdigers Ohren verwandelte es sich zum Motorengeräusch ihres ersten VW-Busses. Roswitha am Steuer, zwanzig Jahre jung, die Sonnenbrille über der Stirn in die rostrotbraunen Haare gesteckt. Ihr Kichern über die unaussprechlichen Ortsnamen südfranzösischer Dörfer. Ihre braun gebrannten schlanken Beine, ihre rot lackierten Zehen in Flipflops auf dem Gaspedal. Sein aufgeregter Pulsschlag, als sie vorschlug, auf dem Bootssteg zu übernachten, um den Sonnenaufgang am See zu erleben.

»Du hörst mir ja gar nicht zu! Schläfst du schon?«

Die Frage seiner kleinen Nichte riss Wolf-Rüdiger aus romantischer Nostalgie.

Im Dämmerzustand seiner Erinnerungen verspürte er eine melancholische Sehnsucht.

»Äh, was? Nein. Das heißt: Ja! Natürlich höre ich dir zu.«

Der Salzteigengel mit dem Flammenschwert schien größer geworden zu sein.

»Hatten Adam und Eva Kinder? Im Paradies, meine ich.« Melanie fragte hartnäckig weiter.

»Nöö.«

Wieder schwieg das Mädchen verwundert.

»Schade.«

Der Abend nach Roswithas positivem Schwangerschaftstest! Er hatte eine Flasche Veuve Clicquot gekauft. Für fünfundfünfzig D-Mark damals. Ihr erster echter Champagner. Irgendwann die Nacht auf der Entbindungsstation, dieses Wechselbad aus nervenfetzendem Krimi und Situationskomik. Das wochenlange Tamtam um ihr Neugeborenes, die Verwandtenbesuche, die Glückwünsche … Und wie lecker ein Baby riecht, wenn man es frisch gebadet und eingecremt im Strampler auf dem Arm hat oder in die Wiege legt! Plötzlich sah Wolf-Rüdiger die herzigen Krakelbilder wieder, die ihm frühmorgens auf die Laptoptasche gelegt wurden. Als seine eigenen Kinder in Melanies

Grundschulalter waren, stand dann manchmal »für Papa« oder »für dein Büro« drauf.

Kamen der Salzteigengel und die sich neigende Kerze auf dem Weihnachtsbaum sich irgendwie näher?

»Vielleicht waren Adam und Eva im Paradies ja selber wie Kinder. Und als diese, äh, wie soll ich sagen, diese kindliche Unschuld verloren ging, da waren sie plötzlich Erwachsene. Als sie die vor-bewusste, die unreflektierte Unmittelbarkeit zu Gott und zur Welt verloren hatten, ihr Urvertrauen, verstehst du? Da waren sie plötzlich erwachsen und damit aus dem Paradies vertrieben. Von einem Engel mit dem Flammenschwert.«

Melanie verstand kein Wort.

»Was redest du denn da?!«

Roswitha war mit einem Tablett Dessertschälchen aus der Küche gekommen.

Ihre Stimme klang jetzt streng statt fröhlich. Bevor ihr Mann etwas antworten konnte, schlug ihre Nichte die Kinderbibel zu, erhob sich und nahm ein Schälchen Pudding. Ihr Interesse an theologischer Diskussion war schlagartig erloschen. Roswitha reichte ihr Löffel und Serviette und blickte verständnislos zu Wolf-Rüdiger hinüber.

»Ich glaub, ich weiß jetzt, wer der Engel mit dem Flammenschwert ist«, sagte er unvermittelt. »Das ist unsere verbrauchte Lebenszeit, verstehst du?«

»Nee«, antwortete Roswitha mit vollem Mund.

»Alle schönen Momente eines Lebens, die unwiederholbar vorbei sind. Alles Erstmalige und Einmalige, das wir zwar als Schatz in unserer Erinnerung aufbewahren, aber ohne die Zukunftsoffenheit, die wir damals dabei empfanden.«

»Kann ich noch mehr Pudding haben bitte?«« Melanie reichte ihrer Tante das leere Glasschälchen.

»Ich meine«, philosophierte Wolf-Rüdiger unbeirrt weiter, »in die Selbstvergessenheit eines spielendes Kindes und in die Freude der Erwartung einer quasi unbegrenzten Zukunft, dahin kommen wir alten Leute nie wieder zurück. Vorbei ist vorbei.«

»Hm«, machte Roswitha mit noch immer irritiertem Gesichtsausdruck, »ich weiß zwar nicht, wie du da jetzt drauf kommst, aber hinter dir kokelt gerade eine Kerze den Salzteigengel an. Schnell, puste sie aus, ja?!«

12

Dieses Fest für alle Sinne
(Weihnachten liegt in der Luft)

Mutter backte Apfelkuchen,
dampfend heiß roch er nach Zimt.
Hefeteig, Vanilleschoten und Rosinen sind bestimmt
nicht das Wichtigste der Weihnacht,
doch wenn mich die Sehnsucht ruft,
folg' ich einfach meiner Nase:
Weihnachten liegt in der Luft.

Vater brachte Tannenzweige,
moosbegrünt und regennass.
Und es roch nach Wald und Wildheit,
Märchen und Geheimnisspaß.
Harz und Nadeln an der Kleidung,
Myrtenzweige, Mistelduft
sagen mir seit meiner Kindheit:
Weihnachten liegt in der Luft.

Dieses Fest für alle Sinne!
Denn der ewig junge Traum
eines guten, heilen Lebens
füllt als Wohlgeruch den Raum.

Wenn es Heiligabend regnet
und kein Wintertraum sich regt,
werf' ich Reisig auf ein Feuer,
riech' den Rauch, der sich bewegt,
die Kastanien in der Hitze
und das Stockbrot am Kamin.
Lasse mir die Weihnachtsfreude
einfach durch die Nase zieh'n.

Dieses Fest für alle Sinne …

Und die Räume meiner Seele
werden hell und warm und weit
von der Weihnachtsatmosphäre
kindlicher Geborgenheit.

Dieses Fest für all Sinne …

13

Celestine

S chön, oder?«
Dass die Paketfrau an der Tür überhaupt noch einen
Blick hatte für Schmuckaufkleber neben dem Adressfeld!
Roswitha nahm ihr das dekorierte Päckchen ab und las den
Namen des Absenders.

»Ja, schön.« Sie quittierte den Empfang mit ihrer Un-
terschrift und bemerkte einen Hauch Schweißgeruch bei
der Zustellerin. Diese tapfere Seele schleppte Papierberge
und Pakete in verwinkelte Hauseingänge – immer unter
Zeitdruck.

»Nett, ja. Herzallerliebst. Obwohl von einem Mann.«

»Olàlà«, lachte die Postbotin im Weggehen.

»Von meinem Vater, meine ich«, rief Roswitha ihr nach
und schloss die Tür.

Das braune Packpapier war mit einem knallrot glänzen-
den Herzen und zwei weißen Engeln beklebt. Der eine mit
so viel Klebstoff, dass er sich wellte. Der andere schien von
ungelenker Hand irgendwoher ausgeschnitten zu sein.

»Schön ist anders«, kommentierte Wolf-Rüdiger trocken, »seit wann schneidet dein Vater Weihnachtsschmuck aus und beklebt damit Papierflächen?!«

»Wie unsere Kinder früher. Papa wird halt alt.«

Roswithas Vater – oder »Opa Jens«, wie sie immer noch sagten, obwohl die Kinder längst aus dem Haus waren – hatte mit Ende siebzig gerade eine heikle Operation überstanden.

»So was passt gar nicht zu ihm. Man kann doch bei Amazon auf den Button ›Geschenkverpackung‹ klicken.«

»Die Halskette aus dem Nachlass meiner Mutter gibt's nicht bei Amazon«, erwiderte Roswitha und schüttelte das Päckchen in Kopfhöhe. Drinnen raschelte und klackerte was. Na bitte. »Papa hatte angeboten, mir die Kette zu schicken. Wahrscheinlich hat er sogar noch ein paar Kekse dazu gepackt.«

»Kekse? Seit deine Mutter tot ist, backt bei ihm niemand mehr Kekse.«

Opa Jens war seit zwei Jahren Witwer. Von einer Diakoniestation in seinem Stadtteil bekam er täglich Essen auf Rädern geliefert. Eine afrikanische Haushälterin sah zweimal wöchentlich nach dem Rechten. Celestine kaufte ein, putzte die Wohnung, wusch die Wäsche, entsorgte den Müll, mähte den Rasen. Er hatte sie per Zettelaushang an der Pinnwand eines Seniorencafés gefunden. Ob sie offiziell bei ihm arbeitete oder eine Illegale war, wollten weder Opa Jens noch seine erwachsenen Kinder so genau wissen. Und Celestine selbst – in französisch akzentuiertem Minimaldeutsch fröhlich plaudernd – verfiel in erstaunliche Sprachhemmungen, sobald man sie danach fragte. Sie stamme aus Côte d'Ivoire, von der Elfenbeinküste, und warte auf ihren Mann und die Kinder. C'est tout. Aber sie war zuverlässig und umsichtig, bekam ihre zweihundertfünfzig Euro im Monat und Schluss.

Unter der kindlich geschmückten Verpackung kam kitschig buntes Geschenkpapier rund um einen dünnwandigen Karton zum Vorschein, der an mehreren Stellen fettig durchfeuchtet war.

»Igitt, die Butterkekse haben geschwitzt.« Roswitha pellte das Papier zur Seite. Wolf-Rüdiger brach den labbrigen Karton auf, fingerte zwei Kekse heraus und aß. »Stimmt. Schmecken so fruchtig wie panierte Dörrpflaumen.« Es krachte, wenn er kaute.

»Iiiihh!!«

Roswitha schrie auf. Sie stieß das geöffnete Päckchen von sich. Trockenes Gebäck bröselte auf die Tischplatte, eine schwarze Schmuckschatulle fiel heraus und Wolf-Rüdiger konnte lesen, was der ursprüngliche Inhalt des Kartons gewesen war: »Beinbeutel-Einlaufpassage, steril.«

Die beiden sahen sich an wie zwei Tatortkommissare über einer Leiche.

»Das gibt's ja nicht.« Wolf-Rüdiger setzte sich.

Die nüchterne Produktbezeichnung eines Herstellers von Medizintechnik.

Beinbeutel-Einlaufpassage, steril. Das stand da.

»Papa hat einen künstlichen Harn-Ausgang? Seit wann das denn?!«

Roswitha spürte, wie sich ein Schuldgefühl in ihre Magengegend schlich.

»Und am Telefon sagt er immer: Es geht mir gut. Aber wenn ihm die Folgen seiner Operation zu peinlich sind, warum verschickt er dann Schmuck und Kekse in einem Karton für Urinbeutel?!«

Roswitha hatte sich fürs Erste beruhigt.

»Weil… Celestine kein Deutsch kann…« Ihr Mann flüsterte, als entdecke er gerade ein Verbrechen, »und weil sie irgendeinen mittelgroßen Karton für das Geschenk suchte.«

»Dann…« Roswitha deckte die unappetitliche Aufschrift des fettfeuchten Keksbehälters wieder zu. »Dann hat *sie* das quietschbunte Geschenkpapier ausgesucht? Und das Herz und die Engel hat *sie*, und nicht mein Vater, ausgeschnitten und aufgeklebt?«

»Genau. Und die Kekse hat auch *sie* gebacken«, nickte Wolf-Rüdiger und griff sich noch mal zwei, »die schmecken nämlich, nun ja, etwas steril.«

Roswitha war nicht nach Witzen zumute. »Ich ruf sofort Papa an!«

Sie wandte sich zum Gehen.

»Das lässt du mal schön bleiben.« Wolf-Rüdiger klang lauter als nötig.

»Dein Vater will nicht, dass wir's wissen. Und weiß nicht, dass wir's jetzt wissen. Und die Haushälterin aus Gott-weiß-wo weiß ihm sogar besser zu helfen als wir. Für deinen Vater ein Himmelsgeschenk, würde ich mal sagen. Also ruf lieber diese Celestine an.«

»Und wo finde ich ihre Nummer? Ich weiß ja nicht mal, wie sie mit Nachnamen heißt.«

»Also ihr Vorname heißt »himmlisch«, soviel ich weiß.«

14

Plötzlich war die Erinnerung da

Es duftet so nach ... mhhh.« Opa Jens wollte nicht unhöflich sein, als er am ersten Weihnachtsfeiertag nachmittags hereinkam. Vielleicht war die Abzugshaube über dem Herd defekt, der Glasdeckel der Bratpfanne undicht oder wegen der Kälte hatte niemand lüften wollen – jedenfalls roch es in der Wohnküche seiner Tochter stechend nach gebratenem Fisch, Knoblauch und Ingwer. Wie im Asia-Schnellfress am Bahnhof, dachte Opa Jens.

»Dein Schwiegersohn hatte heute Mittag chinesisch gekocht«, lächelte Roswitha, gab ihm einen Kuss auf die Wange und bat ihn, Platz zu nehmen.

»Wolf-Rüdiger ist gerade mit den Kindern Schlitten fahren, kommt aber sicher bald. Lass den Tee ruhig noch etwas ziehen. Apfelkuchen oder Käsesahne?«

»In der Reihenfolge, ja. Gern. Danke.« Sie ließen es sich schmecken. Vom angeblichen Vanille-Honig-Aroma in der Tasse war nichts zu spüren. Der salzig scharfe Sojageruch im Raum überlagerte alles. Jens schloss die Augen.

In der Sekunde nun, als dieser mit Kuchengeschmack gemischte Schluck Tee meinen Gaumen berührte, zuckte ich zu-

sammen und war wie gebannt durch etwas Ungewöhnliches, was sich in mir vollzog. Und mit einem Mal war die Erinnerung da. So beginnt doch Marcel Proust seinen Roman »Auf der Suche nach der verlorenen Zeit«, dachte er, sagte aber:

»Nase und Gaumen sind Erinnerungsorgane, wusstest du das?«

»Wie kommst du denn jetzt da drauf!« Roswitha schüttelte irritiert den Kopf. Alte Leute können so sprunghaft assoziieren.

»Nun ja. Chinesisch erinnert mich an nix. Nicht an Weihnachten, nicht an Mama …« Jens seufzte auf. »Sie hat am Erstfeiertag immer Gänsekeule mit Rotkohl und Knödel gemacht, weißt du noch?«

»Ach, Papa …«

Roswitha hatte befürchtet, dass seine Trauer zum Thema werden könnte. Immerhin war dies sein erstes Weihnachten als Witwer. Gestern Abend hatte Jens sich vorbildlich zusammengenommen. Obwohl es jahrzehntelang immer Mutter gewesen war, die vor dem Essen gebetet und Heiligabend die Weihnachtsgeschichte vorgelesen hatte, blieb seine Stimme fest, als diesmal er diese Rolle übernahm. Schon wegen der Enkel.

»Und nachmittags gab's Deutschlandfahrt am Kaffeetisch: Lübecker Marzipan, Dresdener Stollen, Aachener Printen, Nürnberger Lebkuchen. Heute essen wir globalisiert. Ich glaub, die Chinesen knabbern getrocknete Sardinen zum Tee, stimmt's? Oder sind das die Japaner?«

Roswitha versuchte eine humorvolle Wendung: »Wenn sie der Essensgeruch in der Küche störte, hat Mama immer eine geraucht, mein Lieber, vergiss das nicht!«

Beide mussten lachen.

»Stimmt. Aber daran ist sie nicht gestorben, daran nicht. Rauchen lässt Helmut Schmidt zwar alt aussehen, aber auch alt werden ...«

»Dabei steht auf jeder Zigarettenschachtel ...«, warf Roswitha ein,

»... Gesundsein gefährdet das Einkommen der Ärzte und belastet die Rentenkasse!«, machte Opa Jens weiter. Der verschmitzte Satiriker in ihm meldete sich zurück. Roswitha war erleichtert.

»Wusstest du ...«, er lud sich das zweite Stück Kuchen auf den Teller, »dass es vor dem Zweiten Weltkrieg in Deutschland arabische Tabaksorten gab, die neun Prozent Haschisch enthielten?«

Roswitha stand auf und kramte suchend in den Schubladen und Unterschränken der Einbauküche.

»Da hätte deine Mutter auf die Frage der Kassenfrau bei Aldi ›Wollen Sie 'ne Tüte?‹ antworten müssen: ›Nee, bekifft finde ich nicht nach Hause!‹«

Opa Jens lachte lauthals über seinen eigenen Witz. Roswitha kehrte zum Tisch zurück.

»Mama wusste aber doch, dass es unvernünftig ist und ein schlechtes Vorbild für uns Kinder, wenn sie ...«

Roswithas Einwand wurde vom heftigen Kopfnicken ihres Vaters unterbrochen:

»Klar. C_{10}-H_{14}-N_2! Die chemische Formel für reines Nikotin. Ein tödliches Gift. Mama war eine tiefgläubige

Frau mit vielen kleinen Schwächen. Ich hab vierzig Jahre drüber gespottet, aber so eine war mir – und euch übrigens auch – allemal lieber als diese politisch Korrekten heutzutage. Diese topfit Fehlerfreien, diese kerngesunden Hochglanzmuttis aus der Apothekenumschau …«

Opa Jens hatte sich so sehr in Rage geredet, dass er nicht bemerkte, was seine Tochter mit provozierender Gelassenheit tat: Roswitha fingerte eine Zigarette aus der Schachtel, entflammte sie am Teelicht des Stövchens auf dem Tisch und nahm einen Zug.

»Bist du verrückt geworden?!«

Jens legte entgeistert die Kuchengabel ab. Sprachlos. Seit wann hatte Roswitha Zigaretten im Haus?! Schlagartig zurückversetzt in die Rolle eines Vaters, der seine pubertierende Tochter bei etwas Verbotenem erwischt hat, befahl er:

»Mach die aus! Wolf-Rüdiger und die Kinder können doch jeden Moment heimkommen.«

»Auf Mama!«, sagte Roswitha nur. Sie legte den Kopf in den Nacken und blies blauen Dunst in die Höhe.

Jens schossen Tränen in die Augen. Seine Unterlippe zitterte.

»Und gegen den chinesischen Essensgeruch«, fügte sie hinzu. »Und damit keiner was merkt, zünden wir ein Räuchermännchen an. Aus dem Erzgebirge. Deutschlandfahrt am Kaffeetisch, würde Mama sagen.«

Beide schauten sich an wie Kinder, die ein gemeinsames Geheimnis hüten.

Eine eigenartige Vertrautheit, eine Kumpanei des Komplotts verband sie für einen Augenblick.

»Auf die Suche nach der verlorenen Zeit!«, sagte Opa Jens und hob seine Teetasse wie zu einem Trinkspruch in die Höhe. *Und auf einmal war die Erinnerung da.*

15

Geschenke sagen ja so viel!

Schwiegerkinder kann man sich nicht aussuchen. Auch Herbert und Susanne konnten das nicht. Ihre Tochter Rosie, geschieden, hat zwei Kinder und ihre jüngere Tochter Simone einen vierjährigen Sohn. Und keinen Vater dazu. Im Sommer angelte sie sich einen Lover, dessen Namen sich Herbert nicht merken kann. Schon seit Monaten nicht.

»Dabei ist Thomas, kurz Tom, nicht schwer zu behalten!«, wetterte Susanne. Womit sie natürlich recht hatte. Aber lohnte es sich denn, ihn zu behalten, dachte Herbert, den Namen, und den Namensträger?

Dieser Dings jedenfalls, dieser unentschlossene Vielfächerstudent im zigsten Semester, Simones neuer Freund Tom also, hatte dem Kind seiner Freundin zum Nikolaus ein nagelneues Fahrrad mit Stützrädern geschenkt. Einfach so.

Zum Nikolaus!

Herbert hatte insgeheim gehofft, seine Tochter bliebe alleinerziehend. Zumindest fürs Erste. Oder fürs Verarbeiten der Situation. Schließlich hat sie doch ihre erfahrenen Eltern. Und ihr kleiner Oliver hat lustige Großeltern. Herbert und Susanne eben. Als Betriebsrat in einem Hightechkonzern und Dozentin an einer Fachhochschule immerhin nicht unvermögend.

Aber als Susanne mit einem kompletten Playmobil-Zirkus für Enkelsohn Oliver anrückte, inklusive Traktor, Zirkuswagen, Löwen, Tänzerinnen und etlichen Figuren Publikum, blieb Herbert der Mund offen stehen: »Wozu ist das denn?«

»Zu Weihnachten. Simones neuer Freund hat ihm zu Nikolaus schließlich ein Fahrrad geschenkt.«

»Wettrüsten! Ich war und bin gegen Wettrüsten«, entfuhr es Herbert, »das sind Geschenke-Duelle, das ist Angeberei. Müssen wir jetzt für jedes gigantische Präsent aus dem Bekanntenkreis unserer Kinder und Enkel eine wettbewerbsfähige Antwort bereithalten, ja? Wir haben drei Enkel, vergiss das nicht! Drei!«

Herbert war wohl etwas laut geworden. Susanne, in liebevolleren Momenten Susi gerufen, bekam ihre unheilvoll senkrechte Falte über der Nasenwurzel:

»Scharf beobachtet, mein Lieber. Es sind drei. Möchtest du denen auch dieses Jahr wieder je eine Tafel Schokolade, Sorte Zartbitter Rum, schenken?«

Das saß. Herbert kann Geschenke nicht nur schlecht aussuchen. Noch schlechter kann er sie verpacken. Gibt es überhaupt irgendwo auf der Welt einen knapp sechzigjährigen Mann, der edles Knisterpapier mit glitzernden Bändern, gefalteten Rosen, aufgeklebtem Sternenstaub und drangehängten Weihnachtsmännchen und -bäumchen,

Grußkärtlein und Schleifchen stilvoll-liebevoll um sperrige Elektrogeräte wickeln kann? Herbert kannte keinen. Schon völlig normalformatige Bücher oder DVDs, wenn er sie verpackte, sahen hinterher aus, als hätte ein Hund damit gespielt.

Heiligabend ist Tochter Simone samt Oliver bei ihren Eltern. So viel ist klar seit ihrer etwas ungeplanten Mutterschaft damals. Und ihre ältere Schwester Rosie auch, seit sie geschieden ist. Rosies Kinder heißen Stefanie, fünf Jahre, und Bernhard, zweieinhalb.

Heiligabend sitzen also ein erwachsener Mann, eine Oma, zwei junge Mütter und drei kleine Kinder vor dem Tannenbaum. Gemeinsam erzeugen sie eine derart blutdruckerhöhende Mixtur aus Rührung und Altpapier, dass Herbert jedes Mal heilfroh ist, wenn er sich zur Christmette um zwölf verabschieden kann. Obwohl er sonst weiß Gott kein Kirchgänger ist.

Es hatten mehrere Telefonkonferenzen zwischen den Töchtern stattgefunden, ob Opa Herbert als Weihnachtsmann verkleidet polternd vom Schlafzimmer aus ins Wohnzimmer hereingestapft kommen sollte oder nicht.

Dem zweieinhalbjährigen Bernhard machte das Angst. Die fünfjährige Stefanie glaubte nicht mehr an ihn. Vorletztes Jahr rief sie: »Der ist ja nur verkleidet!«, und alle dachten, nun habe die Epoche der Aufklärung begonnen.

»So? Wer steckt denn unter der Verkleidung, mein Schatz?«, hatte Oma Susanne aufmunternd gefragt.

»Na, der Weihnachtsmann natürlich!«

Herbert hätte gerne zusammen mit der Abschaffung des leibhaftigen Weihnachtsmanns auch gleich die Gedichteaufsagerei beendet. Weil er sich beim Anhören holpriger Reime aus Kindermund immer so oberlehrerhaft vorkam. Die Enkel wollten aber Gedichte aufsagen! Unbedingt. Ist der Applaus für die schwachsinnigen Vierzeiler verklungen, werden die Geschenke ausgepackt und die Kommunikation reduziert sich auf Worte wie »geil«, »cool«, »toll« und »danke«.

Danach schalten Frauen und Kinder einen weiteren Sprach-Gang runter: »Oooh« und »Aah« und »Hm« und »Nee«.

Die drei Damen im Raum beginnen dann, sich Markennamen, Firmenlogos und Produktbezeichnungen zuzurufen. Materialbeschaffenheiten, Hals- und Bundgrößen, Farbnuancen, Modellnummern und Herstellernamen gellen durch den Raum, als wäre der Versandhauskatalog ein Theaterstück mit verteilten Rollen.

»Geschenke sagen ja so viel!«, flüsterte Susanne ihrem Mann vertraulich ins Ohr, als die Gaben von Rosies Ex-Mann, dem Vater ihrer Kinder, zum Vorschein kamen. Ein batteriegetriebener Roboterhund mit Fernsteuerung zum Beispiel. »Plastikschrott!« Das war Rosies kaltes Urteil.

»Hongkongmüll«, das ihrer Schwester Simone.

»Eine pädagogische Katastrophe« – Großmutter Susanne, die Dozentin.

Alle drei ignorierten offenbar, dass Klein-Bernhard den Rest des Abends ausschließlich mit diesem scheußlichen, blinkenden Batterie-Hund spielte.

Keine pädagogische Katastrophe fanden es die zwei Mütter und ihre Mutter, dass die fünfjährige Stefanie Puppenkleider geschenkt bekam, die geradewegs aus dem Rotlichtmilieu zu kommen schienen: schwarze Dessous, ein raffiniertes rotes Bustier und Netzstrümpfe mit Strapsen.

»Geschenke sagen ja so viel!«, äffte Herbert seine Susanne nach. »Von wem sind denn diese Leckereien?«

Wenn das kindliche Gejuchze und Gejohle, wenn die mütterlichen Katalogrezitationen und der Sauerstoffmangel im Zimmer, kerzenverursacht, auf dem Höhepunkt sind, zieht es Herbert immer magisch in die Küche zurück. Dorthin, wo kaltes weißes Neonlicht von Klarheit und Rationalität kündet. Wo nichts hintergründig geraunt und mutmaßlich interpretiert werden muss, sondern alles offensichtlich und konkret auf der Hand liegt.

Der Rest des Kartoffelsalats zum Beispiel. Und zwei, drei kalte Würstchen.

Dabei kommen Herbert manchmal geradezu philosophische Fragen.

Warum schenken Frauen selbst jenen Leuten das Richtige, die sie nur mäßig gut kennen? Während Männer selbst jenen das Falsche schenken, die sie von Herzen lieben!

Warum wollen Frauen ausgerechnet zu Weihnachten ihre Liebe und Wertschätzung wortlos ausdrücken, wo sie doch das ganze Jahr über nicht um Worte verlegen sind? Warum brauchen die Siegerinnen im Telefonmarathon plötzlich stellvertretende Gegenstände, die dann »was aussagen« sollen? Während Männer zu Weihnachten lieber ausführlich telefonieren, statt tagelang nach »vielsagenden« Geschenken zu suchen?

Herberts Küchenphilosophie wurde von der Haustürklingel unterbrochen.

Beim Durchqueren des Wohnzimmers registrierte er aus den Augenwinkeln, dass Simone puterrot im Gesicht war. Tom stand im Flur. Ihr Tom, der Dings, dieser unschlüssige Werweißwas-Student.

Kommt rein, wünscht frohe Weihnachten, stellt eine Champagnerflasche ab und überreicht Herbert – männlich unverpackt – genau jenen Roman, den Susanne in keiner Buchhandlung und Tochter Rosie nicht mal bei Amazon gefunden hatte!

Simone hatte ihn wohl als Überraschungsgast eingeladen. Vater Herbert war, zugegeben, positiv berührt. Manche Männer schenken sogar jenen das Richtige, von denen sie nicht geliebt werden.

16

Einfach mal die Klappe halten

Ihr Wunschzettel sei »noch nicht fertig«. Sagte sie den ganzen Dezember über. Bis Wolf-Rüdiger am 22. aus Verzweiflung ein Badetuch mit ihrem Namen kaufte. Erst jetzt, spät an Heiligabend, als sich die Kinder mit ihren Geschenken bereits auf die Zimmer verzogen hatten, überreichte sie ihm ein kleines Wandbrett mit einer schmalen, aber dicken Papierwalze dran, wie man sie in Registrierkassen einlegt. Auf einem zierlichen Klorollenbügel aus Metall befestigt, als Endloszettel abrollbar.

»Was... was soll... ist das deine verspätete Einkaufsliste?«

Roswithas Augen lachten. Rüdiger zog den Papierstreifen nach unten und las sich zeilenweise nach oben :

»Kein Radiowecker-Dudeln«, stand da, »kein Fensterrollo-Rattern, kein Badezimmertür-Knallen, kein Treppe-Trampeln, kein Kaffeeautomat-Zischen. Keine sägende Brotschneidemaschine, keine heulende Saftpresse, kein scheppernder Geschirrspüler. Und kein Rufen nach Geldbeutel oder Autoschlüssel. Ich wünsche mir: ein Von-selber-Aufwachen.«

»Ich soll mich morgens lautlos in Luft auflösen?«

Wolf-Rüdiger war belustigt, ja sicher, aber auch ein klein wenig gekränkt.

Roswitha schüttelte den Kopf. »Es sind doch Wünsche an uns alle. Lies weiter bitte.«

»Wir haben zwei Festnetznummern und drei pubertierende Kinder«, las ihr Mann halblaut vor, »also fünf Mobiltelefone. Und zu viele E-Mail-Adressen. Irgendwas piept immer. Irgendwer mailt, chattet, twittert, simst oder skypt gerade. Ich wünsche mir: eine Familienmahlzeit ohne Parallel-Kommunikation.«

»Kau ich dir zu laut?« Wolf-Rüdiger wollte sarkastisch werden, aber sein Bedürfnis nach Ironie wurde schon von Roswithas Wunschzettel-Rolle gestillt:

»Friedhofsruhe? Fehlanzeige«, hatte sie aufgeschrieben, »vom benachbarten Kirchhof tönen manchmal traurige Posaunen herüber, meist aber die Motoren kleiner Bagger, großer Benzin-Rasenmäher, elektrischer Heckenscheren, Baumsägen und Laubsauger. An den etwa dreißig wettermäßig trockenen Wochenenden im Jahr errichten unsere heimwerkelnden Nachbarn Carports und Wintergärten, montieren mit Flex und Schlagbohrer neue Terrassenmarkisen und Haustür-Überdachungen. Dröhnend gemähte Rasenflächen locken aber Amseln an, die mit gellendem Geflöte ihr Revier verteidigen. Romantisch-lauschig ist dieser Prollvogel nicht. Ich wünsche mir: einen stillen Sommer-Samstagabend zu Hause.«

Jetzt musste Wolf-Rüdiger schmunzeln.

»Das stimmt, mein Schatz. Und sobald die Amseln schweigen, ruft irgendwo der Gettoblaster zur Gartenparty.

Polonaise Blankenese. Roosemarie. Bis um vier. Aber jetzt im kalten Dezember, in der Advents-Besinnlichkeit …«

Roswitha lachte, beinah bitter:

»Du warst auf keinem der vielen Weihnachtsmärkte, stimmt's? Die entwickeln sich gerade in Richtung Oktoberfest. Karussells und Schiffsschaukeln gibt's schon. Security gegen glühweinbesoffene Partymacher auch.«

Wolf-Rüdiger fühlte sich unbehaglich. Dies war doch kein Wunschzettel, sondern eine Beschwerdeliste. Ein Klagelied gegen den Lärm der Welt. Unpassend für einen Heiligabend. Roswitha hatte notiert:

»Stille im Wald? Jeder halbwegs befestigte Forstweg wird von laut plaudernden Nordic-Walkerinnen bevölkert. Oder schnaufenden Joggern mit bellenden Hunden. In jedem Auto, das sich langsam nähert, könnte ein Triebtäter sitzen.«

Wolf-Rüdiger schüttelte den Kopf.

»Du bist nervös überspannt, Liebes. Du willst Stille, hast aber in Wirklichkeit Angst vor ihr.«

In seiner bisher abgerollten Länge kringelte sich Roswithas Wunschzettel schon als Papierschlange auf Wolf-Rüdigers Schoß. Sie schaute an ihm vorbei in die Kerzen auf dem Esstisch:

»Wenn ich mir die Ohrstöpsel vom iPod aufsetze, ohne Musik, höre ich mein Atmen in den Nebenhöhlen und meinen Herzschlag …«

Wolf-Rüdiger begann sich Sorgen zu machen. Man liest ja so viel von ersten Depressionsanzeichen, vom Burn-out-Syndrom und Müttern in der Midlife-Krise.

Der Dimmer an der Lichterkette summte leise, ein Deckenbalken knackte vor Wärme und im Heizkörper unter dem Fenster klopfte was.

Roswitha holte tief Luft: »…und dann denke ich manchmal, wie wohl ein Gehörloser die Welt erlebt.«

»Jetzt mach aber mal 'nen Punkt. Behinderte Menschen um ihre Krankheit zu beneiden ist ja wohl das Letzte.«

»Das meine ich nicht, Schatz. Ich wüsste nur gerne, was Leute auf einem Schweige-Wochenende im Kloster hören.«

»Das Grundrauschen der Stadt in der Ferne, das Tischdecken im Speisesaal, das Schlurfen ihrer Hausschuhe auf den Steinböden hören sie. Und in sich drin? Da hören sie ihre unerledigten To-do-Listen, ihre fantasierten Wünsche aneinander, ihre Vorwürfe und ihre Verteidigungsreden gegeneinander, ihren ganzen krachenden Gedankenschrott, den hören sie! Und wenn sie noch so konzentriert zen-buddhistisch oder trappisten-katholisch oder anbetungs-charismatisch auf Gongs oder Marien-Ikonen oder kitschige Landschaftsfotos starren…«

Ähm… woher will ich das eigentlich wissen? Wolf-Rüdiger musste sich innerlich zur Ordnung rufen. Halblang, halblang. Er hatte sich in Rage geredet. Das üppige Essen vorhin, die aufregende Kinderbescherung, die Kerzenwärme – warum glühte sein Gesicht jetzt so, warum fühlte er sich vom Wunschzettel seiner Frau so angegriffen?

»Lies doch noch zu Ende, ja?«

Roswitha stand auf, pustete die Kerzen aus und verschwand im Flur.

»Ich wünsche mir eine Stunde Schweigen mit dir. Am

besten nachts. Aber nicht erst im Urlaub«, stand in Großbuchstaben am Ende der Kassenzettelrolle. »Hinter der
Friedhofskapelle gibt es eine Parkbank. Machst du mit?«

Und offenbar später und ganz klein hatte sie dazuge-
kritzelt: »Ohne hinterher berichten zu müssen, ob mir was
Tiefsinniges klar geworden ist.«

Als sich die Wohnzimmertür öffnete, stand sie in Stie-
feln, Wintermantel, Schal und Mütze da. Es war Viertel
nach eins in der Heiligen Nacht. Rüdiger strahlte: »Genau! Augenblick noch, ich hol die dicke Daunenjacke, wir
schreiben den Kindern einen Zettel und dann setzen wir
uns draußen hin. Wortlos. Versprochen.«

17

Sag mir, wie du wohnst …

Die Bibel ist Christen heilig, der Koran den Muslimen, die Menschenrechts-Charta den Atheisten und der IKEA-Katalog allen zusammen. Die Heilige Schrift der Konsumreligiösen begann 2008 mit dem Satz: »Hej! Kein Platz auf der Welt sagt mehr über dich aus als dein Zuhause.«

Stimmt das?

Weihnachten besuchen einander mehr Menschen als zu jeder anderen Jahreszeit.

Der gegenseitige Kenntnisstand über die konkreten Wohnverhältnisse, die stilistischen Umstände und möblierten Zustände, könnte man sagen, ist also im Dezember besonders hoch. Roswitha und Wolf-Rüdiger waren da kein Ausnahme. Erst ihren Vater, dann seine Eltern, dann Patenkind Frederike und deren Eltern, schließlich die zahlreichen Freunde besuchen – im Advent und zu den Festtagen wollen alle irgendwie von allen besucht werden. Drinnen, versteht sich. Witterungsbedingt in den Wohnungen. Sind die Gastgeber aber nicht gerade redselig und die Gäste noch etwas beklommen, dann beginnt die Konversation manchmal mit einem Lob der Möbel. Als Eisbrecher sozusagen. Aus Verlegenheit. Was nicht immer weiterführend sein muss.

»Schöne Standuhr!«
 »Ja, bleibt auch jede Stunde stehen.«
 »Und das Bild überm Sofa! Französischer Impressionismus ?«
 »Nee, Münchner Flohmarkt.«
 »Badezimmer selber gekachelt?«
 »Leider, ja. Schau lange genug hin, und dir wird schwindelig.«

Der Gesprächsmechanismus war fast immer derselbe: Wolf-Rüdiger wollte nett sein: »Schön habt Ihr's hier!« – die Gastgeber spielten ihr Interieur herunter: »Na ja, müsste mal wieder renoviert werden«.

Ließ Roswitha ihre Blicke allzu prüfend über Teppiche und Sessel streifen, kam von deren Besitzern erstaunlicherweise meist eine entschuldigende Erklärung. Ein kleiner Vortrag, wie man »eigentlich« gern wohnen würde. Was man ursprünglich mal vorhatte, sich gewünscht hätte, gerne mal ändern würde, längst gemacht werden sollte. Wenn die Räume höher, das Budget größer, die Fenster woanders und der Partner einsichtiger wären. Wohnungseinrichtungen, so kam es Roswitha inzwischen vor, waren für manche Leute offenbar Manifestationen ihrer aufgeschobenen Wünsche und Träume. Musste der erste Lehrsatz aus dem Buch IKEA also heißen: »Kein Platz der Welt sagt lauter ›Eigentlich bin ich ganz anders!‹«???

Wovon ihre Freundin Susanne, die öko-bewusste Fachhochschuldozentin, träumte, war beim Betreten ihrer Wohnung immer klar: viele Leinenstores und geraffte Karostoffe an den Fenstern, echtes Birkenparkett am Boden, mattweiße Bauernmöbel überall, gebeizte Balken an der Decke, warme Pastellfarben in Küche und Bad. Vintage-Style, wohin man blickte. Perfekt nach »Landlust«-Vorlage hatte sie ihre Reihenhaushälfte zu einem südenglischen Cottage umgestaltet. Die Messinglampen von der Decke und die textilbeschirmten Stehleuchten in jeder Ecke, die Schnittblumen in bauchigen Vasen und das Geschirr mit Rosendekor in Altrosa schienen direkt aus den Romanen von Barbara Wood und Nicolas Sparks oder den Krimis mit Inspektor Barnaby zu stammen.

Dann war ihr Mann Robert ausgezogen. Musste jetzt drei oder vier Weihnachten her sein. Und hatte dem Landhausstil die finanzielle Grundlage entzogen. Ein Jahr später kam Herbert. Der rauchte selbst gedrehte Zigaretten, auch drinnen. Er stellte eine Glasplatte auf Stahlfüßen vors Sofa, den riesigen Flachbildschirm aufs mattweiße Sideboard und packte einen Wust aus Kabeln, Steckdosenleisten und immerzu blinkender Unterhaltungselektronik daneben. Dann tackerte er eine lange Kette kalt blau blendender Halogenstrahler unter die Holzdecken. Das weiß gerahmte Stillleben von Rosina Wachtmeister an der Schlafzimmerwand wurde durch ein erotisches Poster in Türkisblau ersetzt.

»Herbert ist der Mann, den ich in Wirklichkeit immer suchte«, sagte Susanne. Roswitha nippte am Zimttee »Winterfeuer« und schaute skeptisch auf die Terrasse hinaus. Herbert hatte dort sein schweres Motorrad abgestellt.

Sollte sie es ihr glauben? War Susanne all die Jahre nur uneigentlich, nur für ihren Ex-Mann, eine sanfte Rosamunde Pilcher gewesen, tief im Herzen jedoch immer schon eine Bikerbraut?

»Solch Rückschlüsse sind Kurzschlüsse«, brummte Wolf-Rüdiger später im Auto zu seiner Roswitha hinüber, »Stil und Geschmack werden hauptsächlich vom Geldbeutel diktiert, ganz einfach«.

»Nein, vom Alter. Wart's ab. Da vorne die zweite rechts bitte.« Die beiden hatten dem Pfarrer ihrer Gemeinde versprochen, in der Adventszeit Leo und Edda zu besuchen, ein gehbehindertes Ehepaar aus dem Seniorenkreis.

Neben der Wohnungstür im dritten Stock der Mietskaserne hing eine Laubsägearbeit: »Tritt ein, bring Glück herein«. Im engen Flur das schmale Schränkchen mit Häkeldecke, darauf jenes grüne Telefon mit schwarzem Tastaturblock, das noch von einem Postbeamten installiert wurde. In Kopfhöhe ein dunkelbraunes Holzbord mit Zinntellern drin, dazwischen Steinguthumpen und gläserne Bierseidel.

»Willkommen«, sagte die etwa siebzigjährige Edda und hängte Roswithas Mantel neben das Barometer, »nehmen Sie doch Platz.« Auf dem wuchtigen, senfgelben Sofa wahrscheinlich. Gedrechselte Holzknäufe am Ende der Armlehnen. Hoch auf der Rückwand des Sofas zwei bestickte Kissen mit scharfem Knick, die wohl ein Karatekämpfer hineingehauen hatte. Wolf-Rüdiger ließ sich allzu entspannt in die Polster fallen und bekam fast einen Kinnhaken von den eigenen Knien.

Opa Leo erhob sich ächzend aus einem kunstledernen Fernsehsessel mit Fußablage, dessen multiple Verstellbarkeit nur von First-Class-Sitzen im Airbus A 380 übertroffen wurde.

»Erst mal 'nen Schnaps?«, fragte er freundlich.

»Ja, bitte«, antwortete Wolf-Rüdiger, denn von der Wand her deprimierte ihn gerade die Melancholie einer riesigen Ackerlandschaft in Öl und Goldrahmen. Pferd und Landmann, herbstlich. Alles in Braun, Dunkelgrün und Schwarz, plus schwere Gewitterwolken. Leo folgte seinem Blick zum Bild. »Schlesien«, sagte er tonlos und nickt lange, »Schlesien«.

Würde er – eigentlich – gerne als südpolnischer Bauer hinterm Pflug die Furchen ziehen? Mahnten die handbemalten glasierten Porzellanteller überm Kamin an eine verlorene Heimat?

Musste das erste IKEA-Dogma also heißen: »Kein Platz sagt mehr über deine Vergangenheit aus als dein Zuhause«?

Wenige Tage später parkten Rüdiger und Roswitha neugierig gespannt vor der ersten eigenen Wohnung von Susannes Sohn und dessen Freundin. Ein junges Studentenpärchen im Altbauviertel einer Universitätsstadt. Hatten sie sich im selben Alter damals nicht auf Matratzen unterm Che-Guevara-Poster geliebt? Hatte Wolf-Rüdiger nicht Suhrkamp-Taschenbücher in Orangenkisten aufbewahrt und Roswitha im Schein des weißen Japanballons aromatisierte Tees aus glühend heißen Tontässchen geschlürft?

An der Tür keine Klingel. »Simst, wenn ihr da seid«, hatte Susannes Sohn gesimst. Im Hausflur kein Licht, aber viele Fahrräder. Vier Stockwerke, aber kein Lift. Als Roswitha und Wolf-Rüdiger schnaufend oben bei den beiden angekommen waren, blieb ihnen der Mund offen stehen: Das Mobiliar war ziemlich genau dasselbe wie bei Edda und Leo!

Uralt. Verschlissene Polster, senfgelb und kackbraun. Nur, dass rings auf dem plüschigen Gelsenkirchener Barock keine bestickten Kissen, sondern zwei Laptops, ein Smartphone und ein Ladegerät herumlagen.

»Dreihundertfünfzig Euro – warm und fertig möbliert!«, strahlte Sven, der Student. Die verschnörkelte Kommode, die gedrechselten Tischbeine, der Küchenschrank mit Glasfenster-Türchen – alles kein Grund für entschuldigende Erklärungen.

»Irre gemütlich hier, oder?«, lächelte die Gastgeberin und goss kochendes Wasser aufs Kaffeepulver in einem Filterhalter über einer bauchigen Porzellanvase. »Wir mussten nicht mal Geschirr kaufen.«

Sprach's und holte Kristallgläser aus einer schweren schwarzen Kredenz. Dazu Teller mit Goldrand und Rosendekor. Ihr fröhlicher Pragmatismus strafte jede Theorie Lügen, die Rückschlüsse von der Wohnungseinrichtung auf das persönliche Selbstverständnis zuließe.

»Siehst du«, freute sich Wolf-Rüdiger auf der Heim-
fahrt, »das Zuhause dieser jungen Leute sagt nichts über
sie selbst aus. Ihr Lebensgefühl wird nicht vom Mobiliar
symbolisiert …«

»Sondern?«, unterbrach ihn Roswitha, noch immer
etwas irritiert.

»Sondern das drücken sie durch Kleidung, Musik-
geschmack, durch ihr Freizeit- und Konsumverhalten,
ihre Weltanschauung und Alltagsethik aus. Gut so, finde
ich!«

»Und was war nun das Weihnachtliche an ihrer Bude?
Nicht mal Tannenzweige hatten sie!«

»Aber einen winzigen Stall-von-Bethlehem auf dem
Fensterbrett, mit Krippe und Maria und Josef und Ochs
und Esel und so. Salzteig, denk ich mal. Oder Fimo. Stu-
diert sie nicht Kunst oder so was?«

Eingelullt vom gleichtönenden Brummen des Wagens auf
der Stadtautobahn war Roswitha weggenickt.

Stall, ging es Wolf-Rüdiger durch den Kopf. Der Stall
von Bethlehem. Beheizt von Körperwärme und Ausdünstung diverser Nutztiere. Kein fließend Wasser, kein Herd
und wohl auch kein WC. Weihnachts-Andachten im Auto-
radio und Weihnachts-Ansprachen in Kirchen können ihn
gar nicht windschief, zugig, dreckig, baufällig und ärmlich
genug ausmalen, um das barmherzig-gnädige Herabstei-
gen des Weltenschöpfers in Menschengestalt zu verdeut-
lichen.

»Wenn ein Zuhause was über das Wesen und Wollen seiner Bewohner aussagt, dann doch am ehesten der

Stall von Bethlehem!«, sagte Wolf-Rüdiger laut. Roswitha wachte davon auf. Aber da waren sie schon zu Hause angekommen.

18

Weihnachten und die Angstlust

Es würde sie nur noch heute geben. Nur noch wenige Stunden am Sonntagabend. Die Winterkirmes! Also wenn nicht jetzt, wann dann?

Schießbuden, Karussells und Fahrbetriebe, Miniatur-Oktoberfeste auf Dörfern und in Kleinstädten – in den Sechzigerjahren fanden sie mancherorts bis in die Vorweihnachtszeit hinein statt. Ohne dass deshalb jemand eine Bedrohung des christlichen Abendlandes befürchtet oder eine Unterscheidung zwischen »Winterrummel« und »Weihnachtsmarkt« gefordert hätte. Zumindest in Norddeutschland zur Zeit des Kalten Krieges war manchem Dorfbürgermeister das würdige Begehen des »Volkstrauertages« wichtiger als der liturgische Beginn des neuen Kirchenjahres; umgangssprachlich firmierte dieser Sonntag ohnehin noch als »Heldengedenktag«. Hatten also die Blechbläser der freiwilligen Feuerwehr am Kriegerdenkmal »Ich hatt' einen Kameraden« zu Ende getutet, rollten rund zehn Tage später die bunt bemalten Traktoren und Sattelschlepper der Marktbeschicker heran.

Ausgerechnet am ersten Adventssonntag aber auf den Rummelplatz zu gehen, das war heikel für mich, das Pastorenkind. Am »Tag des Herrn« zu solch weltlichen Vergnügungen? Zur Zeit der inneren Sammlung, der Besinnung auf »das Wesentliche«? Zuckerwatte und Bratwurst sind nicht wesentlich, das hatten meine Eltern ein für alle Mal geklärt.

Ich war etwa zehn oder elf Jahre alt und ging trotzdem hin. Unter dem Vorwand, einem Freund noch vor Montagmorgen ein Schulbuch zurückbringen zu müssen, mischte ich mich unter die glühweinselige, lärmende Menge. In Angst, von Bekannten entdeckt zu werden. Herumstreunend unter einem unheilvoll dämmrig werdenden Himmel dieses Spätnachmittags Ende November. Aber – ich bummelte über den Platz mit dem Kribbeln im Bauch, etwas Verbotenes zu tun! In einer Mischung aus nervösem Unwohlsein und neugieriger Abenteuerlust.

Da – das blinkende Viereck der Autoskooterfläche. Das Kreischen und Johlen der Teenager, wenn ihre gummipuffer-bewehrten Skooter aneinanderstießen. Das blaue Funkensprühen und grelle Knistern der Kontaktstangen oben an der stromführenden Decke. Und wie die Männer aussahen, die D-Mark-Münzen gegen Fahrchips tauschten! Stiernackige Kerle mit Schmalztolle in der Stirn, trotz Kälte nur in Muskel-T-Shirts und Röhrenjeans, ungeheuer behände zwischen den kollidierenden Zweisitzern herumspringend. Stellten die scheppernde Rockmusik von Buddy Holly lachend noch einen Tick lauter, pfiffen den Mädchen hinterher, wedelten lässig mit Geldscheinen in der Hand und rauchten ungeniert. Furchterregend und faszinierend zugleich. Das eindeutigste Indiz ihrer sittlich-moralischen Verworfenheit aber prangte unter ihren kurzen Ärmeln hervor: Sie waren tätowiert! Für mich ein Beweis, dass sie geradewegs aus dem Gefängnis gekommen sein mussten.

Plötzlich passierten zwei Dinge gleichzeitig: Ich las im Fenster des Kassenhäuschens ein Schild: »Junger Mann zum Mitreisen gesucht«.

Dann blickte ich einem der tätowierten Schausteller-kerle ins Gesicht. Er lächelte freundlich und winkte mir einladend zu, ich solle doch in einem der freien Auto-skooter Platz nehmen.

Mir schoss Hitze ins Gesicht. Ich wirbelte herum und rannte panisch davon.

Die wollen mich entführen, ganz klar! Weil sie ja einen zum Mitreisen suchen.

Mein Puls raste. Entlassene Verbrecher locken zehnjährige Pastorensöhne in Kirmesfahrbetriebe und nehmen sie dann mit. Weit weg von Mama und Papa.

Hinter einer Kerzenzieherbude kauerte ich mich keuchend ins Dunkel, sog den Duft von erhitztem Wachs und Honig ein und wischte mir den Schweiß von der Stirn. Beruhige dich. Beruhige dich erst mal und denke nach.

Mit fliegendem Atem und erschrecktem Blick daheim erscheinen? Das hätte die Schulbuch-Theorie untergraben. Ganz unbedarft weiterflanieren zwischen Dosenwurf-buden und Kinderkarussells? Ging irgendwie auch nicht. Dafür war ich zu aufgewühlt. Ein etwa Gleichaltriger an der Hand seiner Mutter trollte sich vorbei, in der linken Armbeuge einen rosa Teddybären, der ihn um Längen überragte – so peinlich sollte mein Kirmes-Abenteuer bestimmt nicht enden.

Wo also jetzt hingehen? Ein Gedanke näherte sich schemenhaft, absurd und verführerisch zugleich. Je länger ich ihm nachhing, umso klarer wurden seine Konturen: Geh noch mal zum Autoskooter! Nähere dich dem tätowierten Kidnapper. Zeige ihm tollkühn, dass du zwar Bescheid weißt, aber keine Angst hast, pah!

Warum juchzt ein Kleinkind vor Freude, wenn es hochgeworfen und wieder aufgefangen wird? Warum verzichtet kein Freizeitpark der Welt auf eine Achterbahn? Warum strahlen und lachen Bungee-Springer, die sich an einem Gummiseil mehrere Hundert Meter in die Tiefe stürzen, wenn sie sich unten auf sicherem Boden abschirren? Objektiv erzeugen die Situationen pure Panik. Subjektiv aber werden sie als beglückend empfunden.

Es gibt eine »Angstlust«, die heutzutage auch Nichtmediziner erklären können. Jede Leserin der »Apotheken-Umschau« weiß, dass unser Körper sofort und reflexartig das Hormon Adrenalin ausschüttet, sobald unser Hirn einen Reiz als Gefahr erkannt hat. Oder den Reiz als Gefahr (miss-)deutet... Das passiert nicht gemächlich oder infolge langwieriger Überlegungen, sondern plötzlich, abrupt, explosiv. Das Adrenalin schießt ein, erhöht die Herzschlagfrequenz, stoppt die Verdauung, flutet die Muskulatur mit Sauerstoff, fokussiert alle Sinne auf das jetzt Notwendige. Ist die Gefahr vorbei (oder hat sie sich als ungefährlich erwiesen), gibt's Endorphine im Überfluss, eine Art kör-pereigenes Morphium. Unwissenschaftlich, aber anschaulich gesagt: Angst und ihre Überwindung bescheren mir Ecstasy und Marihuana hintereinander. Erst eine heftige Stimulation, dann ein tiefes Zufriedenheitsgefühl.

Was das alles mit Advent und Weihnachten zu tun hat? Ich finde es gut, wenn der Nikolaus in den Kindergarten kommt und wuchtig an die Tür klopft. Wenn ein leibhaftiger Weihnachtsmann hereinpoltert und den Kleinen die Geschenke bringt. Wenn das »Weihnachtszimmer« am 24. Dezember abgeschlossen bleibt und erst abends feierlich – zum Beispiel mit Glöckchen – geöffnet wird. Das blutdrucksteigernde Lampenfieber in den Augen der Krippenspieldarsteller kurz vor ihrem Auftritt – alles pure Angstlust.

Die humorlosen Argumente der übervorsichtig Superkorrekten gegen solche altmodischen Traditionen leuchten mir nicht ein. Weihnachtsbräuche können für Kinder ein Flirt mit der Furcht sein. Sie erzeugen – richtig dosiert natürlich – jene gespannte Erwartung, jenen Reiz, der Weihnachten so wunderbar »aufregend« im Wortsinn macht. Diese Spannung, diese letztlich beglückende Prise Angst sollte nicht durch vermeintlich »aufgeklärte«, »nervenschonende« Sachlichkeit der Eltern und Erzieher entzaubert werden.

Vorsichtig getarnt hinter den Rücken der vor mir herlaufenden Erwachsenen näherte ich mich dem Autoskooterkarree. Huschte zwischen den Umstehenden hin und her, um zu sehen, ohne gesehen zu werden. Die Elektrostangen knisterten und blitzten oben an der Decke, die

Zweisitzer glitten kollidierend im Kreis herum, die Mädchen kreischten, der Rock'n'Roll dröhnte – nur der tätowierte Kidnapper war nirgends. Hatte er inzwischen ein anderes Kind gepackt? Nein, im Kassenhäuschen hing immer noch das Schild »Junger Mann zum Mitreisen gesucht«.

Schade eigentlich. Ich hätte ihm gerne die Stirn geboten.

19

Vorfreude nach Weihnachten

Ein satt honiggelber Beinah-Vollmond glitt gestern durch die Abendwolken.

Nein, natürlich glitten nur die Wolken, ich weiß. Aber wenn mein Wissen sagt »Nicht der Mond geht, sondern die Erde dreht sich«, dann kann ich mir dafür weniger kaufen, als wenn meine Erinnerung die Melodie summt: »Guter Mond, du gehst so sti-hille, durch die Abendwolken hin...«.

Das alte Volkslied. Kennen Sie noch, oder?

Sentimental sein, kleiner Tipp von mir, sentimental sein sollte man sicherheitshalber alleine. Wenn niemand dabei ist, der einen belächeln könnte. Weder Mann noch Frau. Wenn man sich über Sinn oder Unsinn der Gefühlswallung nicht auch noch Rechenschaft geben muss. Wenn keiner aufklärerisch dazwischenquatscht.

Am Nachthimmel zog ein winziges Blinklicht vorbei. Stetig und ruhig.

Ich dachte: Es wird herrlich sein. Morgen Abend sitzen wir in so einem Flugzeug. Und werden aus dem Fenster auf den Mond schauen. Werden über beleuchtete Städte einem neuen Morgen entgegenschweben. Ich konnte es kaum erwarten. So alle zwei, drei Jahre schenken wir uns zu Weihnachten gegenseitig je ein Flugticket ans selbe Ziel. Das ist dann kein Überraschungs-Geschenk, zugegeben, aber damit schenken wir uns köstlichste Vorfreude.

Jede Minute Wartezeit ein seelischer Genuss. Darum ging's im Advent, ja ja, aber wir beide – wir vorfreuen uns sogar noch *nach* Weihnachten. Auf den Silvesterurlaub zum Beispiel.

Freunde fragen beim Stichwort »Flugreisen« meist nach Preisen. Oder nach Beinfreiheit in der Holzklasse. Oder erzählen schrecklich gruselige Anekdoten von Fehlbuchungen und gestrichenen Flügen, von schlaflosem Herumsitzen im Transitraum, von sicherheitsparanoiden Beamten und vermissten Koffern.

Mag ja alles sein.

Am Vorabend unserer Reise aber erlauben wir uns, in Vorfreude zu schwelgen. Ich sah gleich noch ein Blinklicht, das am Mond vorbeizog.

Heute Morgen. Noch zwölf Stunden bis zum Abflug. Schon im Bad sortiere ich, was ins Handgepäck und was in den Koffer kommen soll. Die leicht aufgeraute Oberfläche des Reisepasses zu berühren, ihn dann ein erstes Mal in die Brusttasche des Jacketts zu stecken und noch hundert Mal zu prüfen, ob er auch da ist – all das gehört dazu. Zu jener inneren Unruhe, die mir seltsam willkommen ist. Zu jener leichten Kribbeligkeit, einem milden Aufgeregtsein, das sich wohlig anfühlt.

»Meine Güte! Nicht so kindisch.«

Ach, da ist er ja wieder, mein Verstand und Oberlehrer.

»Millionen Menschen shutteln und cityhoppen in Flugzeugen hin und her über den Planeten. Fliegen ist wie S-Bahn-Fahren im globalen Dorf. Flughäfen sind arbeitsplatzsichernde Industriestandorte, nichts weiter. Und riesige Umweltärgernisse obendrein. Der Mensch und sein Koffer, die verwandeln sich am Check-in-Counter in einen Strichcode und der wird von A nach B verschoben, basta. Zu Romantik besteht nun wirklich kein Anlass.«

Das stimmt. Aber warum geht dann das Leuchten in den Augen meiner Frau nicht weg? Warum ist da ihre erhöhte Pulsfrequenz? Und das zufriedene Lächeln, sobald wir an heute Abend denken? Weil wir uns vorfreuen *wollen*.

Jawohl, das wollen wir. Gespannte Vorfreude ist genussvoller als routiniertes Coolsein, finde ich. Seit Monaten steht der heutige Tag rot im Kalender. Und seit Monaten freuen wir uns drauf.

Können sich Frauen noch leidenschaftlicher vorfreuen als Männer?

»Ja!«, sagte mir mal eine Freundin mit Bestimmtheit. »Weil wir zum Beispiel Geschenke sorgfältiger auswählen, früher einkaufen und schöner verpacken als Männer. Deshalb ist unsere Vorfreude aufs Überreichen auch viel größer, als wenn ihr Männer zwei Stunden vor der Bescherung zur Tankstelle hetzt und irgendwas …«

»Ich rede nicht von Weihnachtsgeschenken«, unterbrach ich sie, »sondern von Reisen.« Da musste sie überlegen. Die organisiert nämlich ihr Mann.

Heute Mittag. Im Grunde sind wir mit allem fertig. Mein Blick streift durchs aufgeräumte Zimmer und bleibt am Bücherregal hängen. Reiseführer lesen ist wie ein kleiner Urlaub vorweg. Wegen der Neugier, wegen der Erwartung, wegen der Sehnsucht. Lauter Gedanken und Gefühle, die zusammenaddiert ganz einfach »Vor-Freude« heißen. Als Kind konnte ich, auf dem Teppich liegend, stundenlang im großen braunen »Diercke's« blättern. Im Weltatlas. Und mir vorstellen, wie es wohl in den Schluchten des Himalaya, an den Ufern des Sambesi oder zwischen den Eisbergen der Nordwestpassage aussehen würde.

»Das muss sich niemand mehr vorstellen!« Ach, hallo, die Stimme der Vernunft: »Das zeigt dir Google Earth oder die Webcam im Internet. Die Hotels kannst du virtuell am heimischen Schreibtisch durchschreiten und die Städte – die sehen inzwischen doch alle ähnlich aus.«

Das stimmt. Man kommt aus dem Flughafengebäude und wird von Sony und Samsung, Nike und Nokia, Intel und IKEA willkommen geheißen. Ob in Kapstadt, Boston oder Seoul. Man fährt ins Hotel, und das hat in Miami exakt dieselbe Zimmereinrichtung wie in Dortmund. Weil's zur selben Kette gehört. Man geht in die City und soll bei McDonalds, Pizza-Hut oder Starbucks einkehren. In Sidney, London, Schanghai.

Aber warum lässt sich unsere Fantasie von keiner Informationswalze plattgoogeln? Warum nistet auch nach der Lektüre aller Reiseunterlagen noch ein Rest Imagination in einer Herzensecke? Wieso bleiben Nils Holgersson, Peter Pan und Harry Potter die geistigen Paten jeder Flugreiseplanung?

Wenn ein Mann seine Reiseinformationen so sorgfältig auswählt, frühzeitig einholt und liebevoll abheftet, wie eine Frau zum Beispiel ihre Geschenke aussucht, einkauft und verpackt, dann ist die Dauer und Intensität der Vorfreude vielleicht nicht vergleichbar – das Risiko im Erlebnisfall aber ist für Männer und Frauen gleich. Also geschlechtsneutral sozusagen: Ob der oder die Beschenkte sich bei der Geschenkübergabe wirklich und ehrlich freut, ist nicht kalkulierbar. Ob am Flughafen oder am Zielort alles so ist und alles so klappt wie geplant, auch nicht.

Heute Abend. Weil die Lokführergewerkschaft die öffentlichen Nahverkehrszüge bestreikt, bringt uns ein hilfswilliger Bekannter in seinem alten Kleinwagen zum Flughafen. Der Kofferraum ist wohl eher für Handtaschen und Schülerrucksäcke gedacht, jedenfalls geht das Kofferraumhäubchen nicht zu. Wir fahren trotzdem. Die Zeit drängt.
Auf der Autobahn blinkt die Tankuhranzeige alarmierend. Im hinteren rechten Radkasten schabt und schmirgelt irgendwas. Rund um den Airport wird gebaut. Die Baustellenampel scheint defekt zu sein, jedenfalls zeigt sie sechs Minuten lang Rot. Oder ihre Batterie schwächelt: Weil das Rot zwischendurch etwas flackert, fährt unser Amateur-Chauffeur irgendwann einfach beherzt durch.

Doch, wir haben es noch rechtzeitig geschafft. Aber sehr unromantisch. Nassgeschwitzt und nervlich fertig, um ehrlich zu sein.

Die Sicherheitsfrau hinter der Durchleuchtungskiste konfisziert meinen Pfeifenstopfer. Ein Pfeifenstopfer ist ein acht Zentimeter kurzes dreigliedriges kleines Metallbesteck mit einem stumpfen Stift, einem runden Plättchen und einem zierlichen Schäufelchen. Zum Auflockern, Festdrücken oder Herauskratzen von Tabak eben. Will man damit einen Piloten ermorden, muss er vorher einen Herzinfarkt bekommen.

Unser Sitznachbar verstaut eine Weinflasche unter seinen Sitz. Eine Rothschild Mouton Cadet von 2001. Wir staunen.

»Kein Problem«, lächelt der Mann, »wenn Sie hinter der Sicherheitsschleuse Flüssigkeiten erwerben, dürfen Sie alles mit an Bord nehmen.«

Aber wäre ein zersplitterter Flaschenhals nicht ein gefährliches Mordwerkzeug? Der weltläufige Vielreisende schüttelt den Kopf: »Flugzeugentführer mögen fanatisch und herzlos sein, aber eine Mouton Cadet verschütten? Niemals.«

Es gibt eine Vorfreude, die ist Männern und Frauen hundertprozentig gemeinsam. Sie ist eine ganz unromantische, aber körperlich umso heftigere Vorfreude. Sie stellt sich ein, wenn die Flugbegleiter sagen: »Wir haben unsere Reiseflughöhe verlassen, bitte schließen Sie Ihre Sicherheitsgurte wieder und bleiben Sie bis zur Landung sitzen.«

Das kann nämlich dauern. Mit der Landung, meine ich. Wenn der Flieger in die Warteschleife geht. Langes Sitzen und viel Trinken lässt Passagiere beiderlei Geschlechts am Zielflughafen sehenswert zügig zu den »Restrooms« eilen. Die Warteschlange vor der Damentoilette ist nur so lange länger als die vor der Herrentoilette, bis verzweifelte Mütter mit Kind bei den Herren um Asyl bitten.

Was am Stockholmer Flughafen Arlanda im Terminal 4, gleich hinter Gate 40, gar nichts Anstößiges wäre: Dort befindet sich die Wickelkommode für Babys in der Herrentoilette! Europas erstes Klo für emanzipierte Väter.

Meine Frau findet Schweden toll.

Heute Nacht. Der Verstand, dieses kaltherzige Über-Ich, flüstert mahnend von Flüssigkeitsverlust, Trombosegefahr und Jetlag. Aber in meiner kindlichen Vorfreude auf das Kommende bricht Sven Hedin in den Himalaya auf, findet Livingstone die Viktoriafälle und Roald Amundsen erreicht den Nordpol.

Ich schaue aus dem Fenster – denn da unten soll er jetzt irgendwo sein, der Pol – und ein satt honiggelber Vollmond gleitet durch die Abendwolken.

20

Von guten Mädchen wunderbar geborgen

Von guten *Mädchen* wunderbar geborgen«.
So strahlte es auf der Leinwand im Gottesdienstraum. Wörtlich. Breit und hoch zwischen Rednerpult und Altartisch. Die erste Refrainzeile des berühmten Trostliedes von Dietrich Bonhoeffer »Von guten Mächten wunderbar geborgen«. Die meisten lachten. Anderen entfuhr ein spontanes »Hä?«. Aber weil die Orgel unverdrossen weiterspielte, musste auch die Gemeinde weitersingen: »… erwarten wir getrost, was kommen mag.«

Liegt zwischen Weihnachten und Silvester noch ein Sonntag, ist der in den Kirchen meist dünn besiedelt. Auch Christenmenschen fahren in Kurzurlaube, besuchen Verwandte oder frühstücken mal im Bett. Viele waren es also nicht, die »Von guten Mächten wunderbar geborgen« sangen, Gott möge »mit uns gehen in ein neues Jahr.«

»Welcher Idiot tippt denn so was ein…«, flüsterte Wolf-Rüdiger und drehte sich herum. Hinter der letzten Bankreihe errötete gerade ein junger Mann unter seiner grauen

Wollmütze, starrte aber rat- und tatenlos in seinen Laptop.

»Henry, unser Jugendleiter«, flüsterte Roswitha beschwichtigend zu ihrem Mann hinüber, »ein ganz Lieber. So was passiert halt mal.«

Wie Wolf-Rüdiger hatten auch viele andere Blickkontakt zu dem Verantwortlichen des Schreibfehlers gesucht. Den besonders Empörten war eine unheilvolle Ahnung anzusehen: Sollte dies etwa eine Herabwürdigung des evangelischen Märtyrers Dietrich Bonhoeffer werden? Ein geschmackloser Scherz? Noch keine direkte Gotteslästerung, aber, nun ja, eine Art Dietrichlästerung?

Nein, Henrys Körperhaltung und Mimik entkräfteten jeden Anfangsverdacht. Bedauernd kauernd hockte er da, irritiert in den Bildschirm hineinstaunend. Ein Mensch wie wir alle, die wir von unseren IT-Geräten allerlei Unerklärliches hinnehmen müssen.

Roswitha sang jetzt besonders laut weiter, so als könne ihre Stimme die peinliche Schrifttafel vergessen machen: »… und ganz gewiss an jedem neuen Tag!«

Wolf-Rüdiger seufzte. Als es noch Liederbücher gab, sinnierte er, arbeiteten Verlagslektoren und -korrektoren monatelang an Textkorrekturen. So was wie vorletzten Sonntag, beim schönen Adventslied »Wie soll ich dich empfangen« wäre nie passiert. Statt »Dein Zion streut dir Palmen« warf der Lichtstrahl des Beamers »Sion« an die Leinwand. Sion! In Gold auf Blau, wie das Sion Kölsch der Brauerei am Kölner Dom.

»Junge Leute denken halt in Markennamen und Logos«,

hatte Roswitha entschuldigend gesagt. Aber erklärte das, warum in der zweiten Strophe des Chorals »Wie groß ist des Allmächt'gen Güte« die Gemeinde singen musste: »Wer hat mit Langmut mich geleitet? Er, dessen *Rad* ich oft verwarf«?

Vor Wolf-Rüdigers geistigem Auge waren riesige Sperrmülldeponien mit verworfenen alten Fahrrädern erschienen.

Statt mitzusingen, schnaubte er ein weiteres Mal.

Als die Menschen noch Noten lesen konnten, ergab sich bei bekannten Liedern manchmal ein volltönender vierstimmiger Gemeindegesang aus Sopran, Alt, Tenor und Bass. Vorbei, vorbei. Schade. Geht nicht mehr, denn: Würde man professionell korrigierte Liederbuchseiten mit vierstimmigen Noten an die Wand projizieren, wären die Textzeilen unleserlich klein. Jedenfalls für ältere Leute wie ihn. Das nötige »Heran- oder Wegzoomen« des Gesangbuchs übernahm früher der Unterarm. Oder die Lesebrille. Heute braucht man die Unterarme zum Emporstrecken und die Lesebrille gar nicht, denn die Liedtexte leuchten altersgerecht groß und buntfarbig von der Wand. Melodiekenntnis wird stillschweigend vorausgesetzt. Statt Noten gibt es stimmungsvolle Landschaftsbilder. Mit Schriftsätzen drüber. Eilig ins Power-Point-Programm gehackt von Leuten, die…

Bonhoeffers gute Mädchen waren zu Ende. Der Pastor bat die Gemeinde aufzustehen.

»… von jungen Leuten, die kein Deutsch mehr können, weil sie in Twitter-Kürzeln und Anglizismen denken!«, führte Wolf-Rüdiger seinen grimmigen Gedanken laut fort. Zu laut, fand Roswitha. Beide erhoben sich.

Statt mit zu beten, flüsterte Roswitha ihrem Mann ein weiteres Entlastungsargument für junge Powerpointler ins Ohr:

»Du solltest dankbar sein, dass die sich überhaupt engagieren! Lesen und Schreiben gelernt haben die in den Jahren, als drei Rechtschreibreformen durch die Bildungspläne tobten. Was richtig war, wurde falsch, dann wieder richtig, dann flexibel und dann gaben die Deutschlehrer auf. Was erwartest du!«

»Aber selbst kleinste Rechtschreib- oder Satzfehler können doch den Sinn verändern!«, fauchte Wolf-Rüdiger leise. Nicht leise genug, denn sein linker Sitznachbar schien von dem Getuschel inzwischen sichtlich gestört. Roswitha nickte, um die Diskussion zu beenden. Im Stillen musste sie ihrem Mann aber recht geben:

Im Lied »So ist Versöhnung / Wie ein Fest nach langer Trauer« heißt es, Versöhnung sei wie ein »Ich-mag-dich-trotzdem-Kuss«. Die lyrische Umschreibung einer charmanten Versöhnungsgeste zwischen zwei Liebenden. Das hatte der gute Beamerteamer offenbar nicht verstanden. Sonst hätte er das Wort »trotzdem« zusammengeschrieben. So aber beteuerte die singende Gemeinde: »Ich mag dich *trotz dem Kuss*«!

Musste wohl ein erzwungener Kuss mit Mundgeruch gewesen sein. Mindestens aber herbe Unkenntnis des Genitivs, erinnerte sich Roswitha.

Petra Hahn-Lütjen (Hrsg.)

Geschichten zur
Weihnachtszeit

160 Seiten, gebunden
ISBN 978-3-7655-1588-0

Amüsant, besinnlich, warmherzig: 42 kurze Geschichten
und Gedichte rund um Sterne, Wunschzettel, weihnachtliche Düfte und das Geheimnis von Weihnachten. Aus
der Feder bekannter Autoren wie Andreas Malessa, Titus
Müller, Manfred Siebald, Annekatrin Warnke, Christoph
Zehendner und vielen mehr.

LChoice App
kostenlos laden,
dann Code scannen
und ganz einfach
beim Buchhändler
Ihrer Wahl bestellen

BRUNNEN VERLAG GIESSEN
www.brunnen-verlag.de